그리스는 달랐다

그리스는 달랐다

걸어본다
14
아테네

백
가
흠
소
설

ㄴ〉〈ㄷㄴ

차
례

시 작 하 며

아시다시피 소설은 진실의 풍경에 기반을 둔 상상력의 산물이다. 그 상상의 진위는 공간 안에 흐르는 시간성, 시대성 같은 3차원적인 세상을 함축하고 있다. 감히 그런 것을 인문학적인 발견이라고 말할 수 있을지도 모르겠다.

이 책은 내가 그리스를 잘 알아서 쓴 글이 아니다. 그곳을 걸으며 발견한 것을 그리스라는 공간과 시간을 빌려 짧은 소설 형식으로 부려놓은 것이다. 나는 걸으면서 그곳이 이상하게도 우리와 닮았다고 생각했다.

하지만 달랐다. 물론 아니었다. 깊숙하게 이야기의 세상 속으로 걸어들어가면 이 다르고 아닌 것들과 낯설게 마주하게 되니 내 소설이 파생되는 지점이 바로 여기서부터가 아닐까 했다.

마흔 중반에 이르러 인생 절반을 소설과 함께 살았다 싶은데 아직도 내가 왜 글을 쓰는지 알지 못할 때가 많다. 그런 날은 오지 않겠지만, 이 책

이 작가로서 무지하기만 했던 생활의 저편으로 갈 수 있는 계기가 되었으
면 좋겠다.

1부

하늘에 매달린 도시

J는 그리스 중부의 메테오라로 가는 기차를 타기 위해 이른 아침 숙소를 나섰다. 스타트모스 라리시스 $\Sigma \tau \alpha \theta \mu o \varsigma\ \lambda \alpha \rho \iota \sigma \eta \varsigma$*는 이른 시간에도 많은 사람으로 붐볐다. 이 역은 아테네를 기준으로 서쪽의 펠로폰네소스와 북쪽의 테살로니키 $\Theta \epsilon \sigma \sigma \alpha \lambda o \nu \iota \kappa \eta$**를 향해 기차 노선이 뻗어 있었다.

아테네의 여름은 동양인이 일찍이 경험해보지 못한 것이었다. 아침 아홉시면 태양은 이미 하늘의 정중앙에 위치해서 세상의 모든 것을 달구기 시작했고, 밤 아홉시가 되어서야 그 위력은 시들해졌다. 그렇게 기세등등한 태양의 강렬함에도 불구하고 그늘에만 서면 어디선가 숨어 있던 서늘한 바람이 불어왔다. J는 그게 너무 신기했다. 한낮의 온도가 39도까지 오

---

* 아테네 기차역.
** 그리스 마케도니아 지방의 주도. 고대 도시로 그리스 제2의 도시다.

르는 날이 다반사였지만 한국에 비해 그렇게 덥다는 느낌이 들지 않았기 때문이다.

여름을 기다려온 북쪽의 유럽인들이 그리스의 해안가로 몰려들었다. 바야흐로 시즌이 시작되어 서동부 해안가, 남부의 아름다운 섬은 휴가를 즐기러 온 유럽인들과 그리스 현지인들로 활기를 띠었다. J는 그런 모습에 익숙하지 않을뿐더러 햇빛을 피해 숨어드는 습성 때문에 자꾸만 몸이 움츠러들었다. 배가 불룩 나오기 시작하고 듬성듬성 머리가 빠지기 시작한 중년의 J는 자기의 모습이 얼마나 초라해져가고 있는지를 스스로 잘 알고 있었다. 자신의 외모에 아무도 관심을 두는 사람이 없다는 것을 알면서도 그는 자괴감을 떨치지 못했다. 그래서 그는 바다와 멀어지고 싶었다. 그는 아테네를 떠나 북부로 향했다. 이미 충분히 한국에서 멀어졌음에도 불구하고 왜 더더욱 멀어지려 하는지 스스로도 답을 내지 못했다.

J는 특정한 목적지 없이 그리스 북쪽으로 떠났다. 마음속으로는 막연히 불가리아나 마케도니아까지 기회가 된다면 다녀올 생각이었다. 언제가 될지 모르지만 한국으로 돌아갈 때까지 북쪽에서 시간을 허비할 작정이었다. 기차는 수천 년 전 고대인들이 낸 최초의 길 위를 달리기 시작했다. 테살로니키의 마케도니아 역이 기차의 종착역이었다. 마케도니아라는 국가가 존재하긴 하지만 과거 화려했던 문명 제국의 실제 존재는 테살로니키를 중심으로 한 그리스 북부 지역을 말하는 것으로, 북부 사람들의 그에 대한 자부심과 자존심은 실로 대단하다. 아테네 서쪽 펠로폰네소스에서 스파르타가 이룩했던 역사와 철학에 대한 자존심을 지금까지 버리지 않은 것처럼 말이다.

테살로니키는 서쪽으로 알바니아, 북쪽으로 마케도니아와 불가리아, 동쪽으로 터키가 연결되는 그리스 내륙의 길목이다. 오래전 사도 바울이 지나간 성경의 복음 도시가 대부분 그리스 북쪽에 있다. 그는 일단 테살로니키를 향해 가고 있지만, 중간에 칼람바카Καλαμπάκα의 메테오라를 들를 생각이었다. 그가 정한 여정은 그게 다였고 아무런 계획이 없었다. 빠르게 사라지는 풍경을 바라보며 그는 몇 년 전 메테오라에 갔었던 일을 떠올렸다.

메테오라가 있는 칼람바카로 가려면 팔레오파르살로스Παλαιοφάρσαλος에서 기차를 갈아타야 한다. 메테오라는 그가 9년 전 처음 그리스를 여행했을 때 한번 들른 곳이다. 당시엔 겨울이었다. 절벽 위에 솟은 수도원의 모습이 기이하고 신비로웠지만 폭설로 곳곳의 길이 막혀 제대로 돌아볼 수 없었다. 아쉬움을 뒤로하고 아테네로 돌아가야만 했다.

빠르게 뒤로 밀려나는 창밖의 풍경은 스산하기 그지없었다. 아테네에서는 미처 느끼지 못했던, 현재 그리스가 처한 현실이 고스란히 눈에 들어왔다. 그런 이미지로 모든 것을 판단할 수는 없는 일이겠지만, 마을은 모든 것이 낡고 정비되지 않은 채 방치되어 있었다. 국가가 돈이 없다는 것은 도시의 기간산업이 낙후됐다는 의미이기도 했으므로, 그는 잊고 있었던 그리스의 실상을 새삼 확인하게 된 것이다.

J는 친한 선배인 K와 함께 그리스에 왔지만 북쪽 여행은 함께하지 않았다. 대신 아테네에서 현지 도움을 주고 있는 후배 H와 동행했다. K는 아테네 남쪽의 섬으로 며칠 전에 떠났다. 미코노스나 크레타의 아름다운 해변에서 동양인으로서는 드물게, 이글거리는 태양을 온몸으로 이기고 있

을 게 분명했다. J와 K의 그리스 여행은 한 달을 넘어서고 있었고, 아테네에서의 생활은 한국에서처럼 무료해졌다. 그도 그럴 것이, 아무런 목적 없이 온 여행은 금세 한국에서의 일상과 다를 바 없어졌기 때문이다. 일상의 무료함은 시간이 지날수록 더해졌다. 점점 사그라지는 긴장감과 여행지에서의 흥분, 이국에서의 들뜸을 되살리기 위해 그들은 각자 또다른 여행을 계획했다. 그렇게 K는 남쪽의 섬으로 떠났고 J는 북쪽의 내륙으로 방향을 잡았다. 두 사람에게 도움을 주던 후배 H는 일단 J를 따라나섰다. 북쪽에서의 여행이 아테네와 별반 다르지 않다면 J와 H는 언제든 K가 머무는 남쪽의 섬으로 비행기를 타고 이동할 생각이었다.

J는 이번 여행이 인생의 마지막 기회라는 것을 직감적으로 알고 있었다. 그는 한국에서의 모든 것에 지쳤다. 다음에 한국을 떠나는 일은 여행이 아니라 이주diaspora가 될 것이 분명했다. 자신이 이제 젊지 않다는 것을 그는 여행을 오고 나서야 알게 되었다. 세계에 대한 호기심이 더이상 남지 않았다는 게 그 증거였다. 자신에게 남은 청춘이 없다는 생각이 마음속에 가득했다. 하지만 이상하게도 북쪽으로 향하는 기차에 몸을 싣는 순간, 사라졌던 흥분과 긴장감이 살아났다. 그것은 9년 전 메테오라로 향했을 때와 전혀 다르지 않았다. 그간 잊고 있었던 어떤 한순간이 마음속에서 강렬하게 되살아나는 것을 그는 느낄 수 있었다. 어떤 감정을 되찾은 것만으로도 어행으로의 여행은 일단 성공적인 셈이었다.

한여름의 메테오라는 그의 기억 속에 존재하던 것과는 딴판이었다. 메테오라는 '공중에 매달린' '하늘 바로 아래' 같은 뜻을 가졌고 칼람바카는 메테오라 밑에 있는 도시이다. 날씨가 기억의 왜곡을 가져왔다. 중부

내륙의 칼람바카는 아테네보다 뜨거웠다. 태양은 거대한 바위기둥을 달구고 있었고, 그 풍경엔 어떤 막막함과 불안감이 섞여 있었다. 아테네의 화려한 여름 날씨와는 또 달랐다. 그늘에 숨는다고 해도 태양을 피해 저멀리 지중해에서 슬금슬금 다가오던 바람도 없었고, 하늘을 가리고 서있는 달궈진 바위기둥들의 위압감은 인간을 미약하고 나약한 존재로 만들기에 충분했다. '신 앞에 고개를 숙여라' 바위들은 말하는 것 같았고, 인간들은 무언의 메시지를 따를 수밖에 없는 분위기가 도시 전체에 가득했다.

메테오라의 여름은 비시즌이어서 관광객은 물론이고 도시에 사는 사람들도 휴가를 떠나 칼람바카는 텅 비어 있었다. 상점들도 문을 닫은 곳이 많았다. J와 H는 시내에서 조금 떨어진, 바위기둥들이 잘 보이는 곳에 숙소를 잡았다.

밤이 되자 그 쓸쓸함은 더 커졌고, 조명을 받은 바위기둥들은 더더욱 위악적인 신의 모습으로 변했다. J는 그때서야 메테오라에 온 것을 조금 후회했다. 사람의 기억에는 선택적인 편리성이 분명 있었다. 그러니까 망각 속 어딘가에 묻혀 있던 2007년 겨울의 메테오라를 2016년 한여름 메테오라에 와서야 끄집어낼 수 있었던 것이다. 그래서 그는 조금 겁이 났다. 바위 위로 달이 뜨자 그 두려움은 더해졌다.

J는 밤이 깊어질수록 잠에 들지 못했다. 그때도 그랬다. 몸을 뒤척이다 한밤중이 되었다. 그는 H를 남겨놓고 슬그머니 숙소를 빠져나왔다. 렌터카를 몰고 그날의 기억을 더듬었다. 그는 그날, 그 밤의 기억을 찾아나섰다.

구불구불 메테오라로 향하는 길은 여전히 깜깜했다. 거대한 돌기둥에 가려 달빛이 길에 닿지 않았다. 헤드라이트 불빛 끝에 걸린 길의 윤곽은 J 자신이 결국 혼자라는 것과 신에게 가까이 가고 있다는 두려움에 흐릿하기만 했다.

9년 전 그 겨울밤, 그는 이상한 것과 마주했다. 그는 폭설로 길이 막혀 전면 통제된 메테오라를 기어이 뚫고 들어갔다가 한밤중 산속에 갇히고 말았다. 그가 몰던 자동차는 눈길에 미끄러져 낭떠러지로 처박힐 뻔한 게 여러 번이었다. 결국 눈길에 바퀴가 빠져 몇 시간을 낑낑대다 자동차를 버리고 걷기 시작했다. 그는 방향을 잃고, 산속으로 더 들어온 것인지 도시에 가까워졌는지조차 알 수 없게 되었다. 너무 깊이 들어온 탓에 칼람바카는 보이지 않았고 걸으면 걸을수록 더욱 장대한 바위 봉우리에 갇히는 기분이 들었다. 그는 몇 시간을 헤매다가 밑으로 내려가는 것을 포기하고 위로 올라갔으나 상황은 마찬가지였다. 미로에 빠진 기분이었다. 낙담과 절망에 처해 있던 그때, 반대편 쪽 멀리에서 희미한 불빛이 보였다. 그는 무작정 그 불빛을 향해 걷기 시작했다.

두 시간여를 걸어 마주한 거대한 건물 앞에서 그는 엄청난 두려움에 빠져들었다. 전체가 암흑이었고 건물 안쪽 어딘가에서 희미한 불빛이 새어나오고 있었다. 하지만 정확한 것은 아니었고 그의 느낌이 그런 것뿐이었다. 버려진 건물 같기도 했고 문을 닫은 호텔 같기도 했다. 빈 건물이라는 것이 그를 더욱 소름 돋게 했다. 어쨌든 영업을 하지 않는 듯 수많은 창, 어디에도 불이 켜져 있는 곳은 없었다. 그는 그 건물에서 새어나오는 희미한 불빛을 향해 걸었던 터였는데, 막상 건물에 도착하고 보니 불빛 하나 없는 깜깜한 건물이 전부였고 인기척마저 없었던 것이다. 꼭 뭣에 홀린 것 같았다.

자신이 보았던 그 불빛의 정체는 무엇일까, 생각하자 오소소 소름이 돋았다. 그 순간, 그의 등뒤, 깜깜한 어둠 속에서 갑자기 한 남자가 불쑥 나타났다. 그는 깜짝 놀라서 그 자리에 주저앉고 말았다.

거구의 남자는 호텔의 주인이라고 했다. 은빛 수염이 어둠 속에서도 반짝였다. J는 짧은 영어로 자신의 상황을 애써 설명했다. 남자는 3층 구석에 있는 방을 내주었다. 벽난로에 불을 지필 테니 몸을 녹이라고 했지만 J는 한사코 거절하고 방으로 향했다. 이상하게 안도감보다도 그 큰 건물에 남자와 자기 둘뿐이라는 사실이 그를 더 두렵게 만들었다. 고요함과 정적이 그를 한없는 공포에 빠져들게 했다. 그럼에도 그는 침대에 눕자마자 금세 잠에 빠져들었다.

잠깐 꿈을 꾸었던 것 같다. 누군가가 그의 등뒤에서 그를 꼭 껴안았다. 처음엔 포근한 느낌이 싫지 않았는데 그 누군가가 점점 더 그의 몸을 옥죄기 시작했다. 목을 감싼 손에서 거부할 수 없는 악력이 느껴졌다. 숨이 막혔다. 그는 허우적대며 잠에서 깨어났다. 속으로 살려달라고, 살려주면 영혼이라도 팔겠다고 외쳤던 것 같다. 잠에서 깨고서도 한동안 몸을 움직일 수 없었다. 아직 한밤중이었는데 창밖이 훤했다. 겨우 창가로 가서 밖을 내다보니 폭설이었다.

J는 조용히 1층 로비로 내려왔다. 주인의 모습은 보이지 않았고 벽난로의 불은 꺼져가고 있었다. 그는 가다귀와 장작을 사그라드는 불 위에 얹었다. 불은 금방 되살아났다. 천천히 주위를 둘러보았다. 오래된 장식과

조형물들이 벽과 선반 위에 가득했다. 박제 동물의 눈과 마주치자 그는 얼른 시선을 피했다. 그는 밖으로 나왔다. 문에 달려 있는 작은 종이 울렸다. 바람 한 점 없이 눈이 펑펑 쏟아지고 있었다. 건물 앞 엄청나게 높이 솟은 사이프러스 두 그루가 거대한 호텔을 내려다보고 있었다. 그는 망설임도 없이 걷기 시작했다.

그 밤, 왜 산을 내려가야겠다고 마음먹었는지는 잘 기억나지 않는다. 어쨌든 호텔 앞으로 나 있는 작은 도로를 따라 산을 내려오는 동안 한 번도 뒤돌아보지 않았다. 산을 다 내려오자 작은 팻말이 나왔다. 팻말에 'Old Kalambaka ⇔ Saint Place'라고 적혀 있었는데 그가 내려온 방향을 가리키고 있었다.

9년이 지난 2016년 8월, J는 내비게이션에 그가 기억하고 있는 그 겨울 팻말의 지명을 집어넣었다. Old Kalambaka, 가상의 장소였을 것만 같았는데 분명 존재하는 곳이었다. 출발한 지 10분도 안 돼서 그는 9년 전 보았던 팻말 앞에 도착했다. 잠시 섰다가 팻말을 지나쳐 차를 몰았다. 이렇게 가까운 곳을 9년이나 헤맨 것 같은 기분이 들었다. 그는 도로가에 차를 세우고 걷기 시작했다. 멀리 거대한 사이프러스 두 그루가 눈에 들어왔기 때문이다. 그 키가 어림잡아 30미터는 족히 되어 보였다. 달이 하늘의 정중앙에서 나무로 향하는 그를 밝게 비추었다. 사이프러스를 향해 다가갈수록 달은 자꾸 나무 뒤로 숨으려 했다. 결국 나무 끝에 매달리는가 싶더니 금세 모습을 감추었다.

한참을 걷던 그가 우뚝 걸음을 멈추었다. 한줄기 식은땀이 등에서 흘러내렸다. 거대한 사이프러스 두 그루, 그 뒤에는 거대한 바위 하나가 서 있었다. 그가 그날 잠시 묵었던 호텔 같은 것은 없었다. 자세히 둘러볼 엄두도 내지 못하고 그는 돌아섰다. 그날 밤, 조용히 호텔을 떠나던 그때처럼 고개를 숙이고 가만히 걸음을 옮겼다.

사이프러스 뒤에 숨어 있던 달빛이 나와 급하게 그의 뒷모습을 따라잡았다.

그리스에서 가장 그리스적인

민우는 어떻게든 자기의 고향 부산과 닮은 테살로니키에 남고 싶었다. 하지만 이 오래된 도시에서 한국인인 그가 할 수 있는 일은 없었다. 만약 그때 아테네로 돌아가지 않았다면 안젤라와 헤어지지 않았을까. 그새 4년 이 지났고, 다시 돌아온 테살로니키에서 그는 그녀를 떠올리며 그런 생각 을 했다.

모든 것은 그대로였으나 또 변하지 않은 것이 없었다. 도시는 한껏 풀 이 죽어 있는 듯했다. 그나마 여름 성수기여서 아리스토텔레스 광장 주변 의 식당가나 화이트 타워* 근처의 해안가는 관광객들로 활기를 띠고 있 었지만, 대부분이 다른 곳으로 휴가를 떠난 터라 도시는 텅 빈 것만 같았

---

* 원래는 등대였는데 오스만(터키) 제국에 점령당한 당시에 '감옥'으로 쓰이면서 많은 사람이 이곳에서 처형되기도 했다. 현재는 박물관이다. 그래서 그런지 여러 이름들이 있다. 16세기에는 'Lion's Tower', 17세기에는 'The Fortress of Kalamaria', 18세기에는 'Janissary Tower', 19세기에는 'Blood Tow-er'로 불리기도 했다.

다. 침체된 경기가 오래 지속되고 있어서 도심 골목은 더욱 우중충하고 휑하게 느껴졌다.

테살로니키는 아테네 다음가는 그리스 제2의 도시다. 그리스 북부 마케도니아 지방의 중심이기도 하다. 비잔티움 제국 때의 황금기는 테살로니키, 즉 마케도니아를 말한다. 지금 존재하는 마케도니아라는 국가는 원래 마케도니아와는 별 상관이 없는 곳이다. 그래서 그런지 테살로니키는 고대 왕국의 중심지였던 것에 대한 자부심이 곳곳에 잘 남아 있다.

지금의 오래된 도시는 개성 가득한 그라피티로 가득 채워져 있다. 낡은 건물의 벽과 문 등에 그려진 휘황찬란한 형형색색의 그라피티는 도시의 역사와 상반된 이질적인 분위기를 자아낸다. 어쨌든 남쪽의 아테네보다 북쪽의 테살로니키가 훨씬 감각적인 것만은 분명하다.

민우는 그리스로 유학 온 지 8년째다. 학위는 생각했던 것보다 더뎠고, 딱히 학위를 따서 한국으로 돌아가리란 마음도 접은 지 오래다. 그는 가끔 들어오는 투어 가이드 일을 하며 생계를 꾸리거나 통역 일로 근근 생활을 버티고 있다. 그도 이제 삼십대 중반에 접어들고 있었다.

가이드 일을 하면서도 북부 투어는 해본 적이 없었다. 고작해야 중부의 메테오라를 서너 번 다녀갔던 게 전부였고 테살로니키, 빌립보를 비롯한 고대 성서 투어는 처음이다. 이번 투어는 사도 바울의 2차 전도 여행 여정을 바탕으로 기획된 것이다.

민우는 테살로니키에 도착하자마자 단체 여행객들을 호텔에 집어넣고 밖으로 돌아다니지 못하게 단단히 겁을 주었다.

"그리스가 치안이 불안한 것은 아닌데, 난민들도 많아지고 있고 경기도 좋지 않아서 혹시 불미스러운 일이 생길 수도 있으니 밤에는 돌아다니지 마세요."

12명의 신도들은 금방 겁에 질린 표정으로 민우를 바라보았다. 그가 한 말은 거짓말이었다. 난민 유입 이후에 그리스는 다른 때보다 더 빠른 안정을 찾아가고 있다. 난민들에게 그리스는 최종 목적지가 아니다. 대부분은 서유럽으로의 이주를 희망하고, 특히 테살로니키는 불가리아, 터키, 아프가니스탄 등과 왕래가 잦은 도시로 난민이 유입되는 관문이기 때문에 그들은 되도록 말썽을 일으키지 않고 난민 자격을 갖고자 한다. 그러다보니 예전보다 난민 관리도 잘되고 있고, 그리스는 그것의 대가로 EU에서 많은 돈을 받기도 한다.

교인 12명이 그리스 성지 여행을 온 것은 3일 전이었다. 민우는 여행 루트를 짜며 꽤 오랫동안 그리스 북쪽의 이 도시들을 잊고 살았다는 것을 깨달았다. 그녀와 함께했던 시간과 기억을 되도록 지우고 싶었기 때문이다. 하지만 마음대로 되지 않았다. 그렇게 잊히지 않을 거란 걸 알았다면 그때 그는 돌아서지 않았을지도 모른다. 불쑥, 그녀가 생각나는 통에 그는 꽤 오랜 시간을 침울한 상태로 지내고 있었다.

"그래도 아직 이렇게 날이 훤한데, 벌써 들어가서 자라는 건 좀 너무한 것 같지 않소?"

시계를 보니 겨우 여덟시밖에 되지 않았다. 오늘 한 일이라고는 아테네에서 출발해서 테살로니키로 온 것이 전부였다.

"그럼, 잠깐 알렉산더 가든 주변이라도 산책할까요? 원래는 내일 저녁에 가려고 했는데 괜찮으시겠어요?"

아리스토텔레스 광장과 알렉산더 가든은 테살로니키의 중심이다. 해안을 따라 나 있는 레오프 니키스Λεωφ. Νικης는 낭만적인 거리이다. 사람들은 근사한 식당과 카페에서 밤새 여름밤을 즐겼다. 항구, 화이트 타워, 박물관이 인접해 있고, 도시의 핵심인 아리스토텔레스 대학교까지 모두 그 길에서 시작된다.

"특별한 교통편이 없으니 잘 기억했다가 각자 걸어서 호텔로 찾아오셔야 해요. 파업중이라 대중교통 이용이 쉽지 않을 거예요."

민우는 지도를 펴고 자세하게 설명을 했지만 다들 시큰둥했다. 호텔이 있는 에그나샤Εγνατια에서 해안가 레오프 니키스까지는 2킬로미터 정도 떨어져 있는데, 작은 골목들이 미로처럼 얽혀 있었다.

"호텔 앞 이 큰길이 에그나샤예요. 동쪽으로 쭉 가다보면 오른편에 광장이 하나 나타날 거예요. 광장을 끼고 양쪽으로 나 있는 길이 아리스토텔레스 거리예요. 말씀드렸죠? 테살로니키는 아리스토텔레스의 도시예요. 그 길을 따라 끝까지 내려가면 바닷가 앞에 더 큰 광장이 있어요. 그게 아리스토텔레스 광장이에요. 광장 안, 생각에 잠겨 있는 엄청 큰 아리스토텔레스 동상이 있어요. 거기서 왼쪽으로 해안 따라 걸으면 화이트 타워, 알렉산더 가든이 바로예요. 알렉산더 가든에는 바다를 정면으로 바라보며 말을 타고 있는 알렉산더 대왕 동상도 있어요. 둘러보면 한두 시간, 걸릴 거예요. 혹시 일행 잃어버리면 당황하지 마시고 아리스토텔레스 광장의 동상 앞으로 오세요. 누가 안 보이면 동상 앞으로 가서 기다리면 되겠죠? 어머님, 아버님 잘 아셨지요?"

중년을 넘어 노년으로 가는 여섯 쌍의 커플은 고개를 끄덕였지만 자신없는 표정들이었다.

"가이드 양반은 같이 안 가는 거예요?"

아테네로 떠난 후 후회는 금방 찾아왔다. 그녀에게 전화와 편지를 했으나 묵묵부답이었고, 그녀의 부모님께 안부를 물어도 같은 반응이었다. 그는 안젤라의 언니를 만날 작정이었다.

"저는 좀 들러야 할 곳이 있는데……"

민우가 말끝을 흐리자 모두 실망한 낯빛이 되었다.

"대신 제가 전화기를 드릴게요. 그냥 통화 버튼만 누르면 제 휴대전화로 걸리니까, 혹시 무슨 일 생기면 금방 달려갈게요. 잊지 마세요. 아리스토텔레스 동상 앞에서 보는 거예요."

"그래도 가이드 양반 없이 우리끼리 괜찮을까 모르겠네."

사람들은 불안한 마음을 숨기지 않았지만 그로서는 어쩔 수 없는 일이었다. 시험 삼아 통화를 해본 뒤에야 12명의 교인들은 떠밀리듯 돌아섰다. 마음이 편치 않았지만 그는 채 그들이 멀어지기도 전에 서둘러 발걸음을 옮겼다. 그는 언덕을 향해 빠르게 걷다가 택시를 잡아탔다. 멀지 않은 곳이었으나 토리고노 타워Πύργος Τριγωνίου가 있는 성곽까지 걸어서 올라가려면 시간이 꽤 걸렸다. 토리고노 타워는 이 오래된 비잔틴 성곽(BC 4세기)의 상징 같은 건물이었다. 그곳에서 바라보는 테살로니키의 야경은 기막히게 아름답기로 유명했다. 성곽 안에는 현재도 사람들이 살고 있었고 안젤라의 언니가 일을 하고 있는 오래된 호텔도 그곳에 있었다.

테살로니키 전경이 한눈에 들어왔다. 해가 저물고 있었다. 그는 서두르던 마음을 내려놓고 해가 바다로 내려앉는 모습을 조용히 바라보았다. 언제였는지 기억나지 않지만 이곳에 앉아 안젤라와 밤새 사랑을 속삭이던 한때가 선명하게 떠올랐다. 갈색 눈동자와 깊은 눈, 품안에 쏙 들어오던 아담한 체구, 허리까지 늘어뜨린 검은색 머리카락에서 풍겨오던 향기가 여전히 마음 깊숙한 곳에서 요동쳤다.

"민우, 왜 우리 결혼하면 안 돼?"

돌아서는 그를 붙잡으며 안젤라가 물었다.

"안 돼. 나는 한국 돌아가서 한국 여자랑 결혼해야 해."

"내가 같이 한국 가서 살면 되잖아. 나, 잘할 수 있어. 한국말도 금방 배웠잖아."

"안 돼. 안젤라는 이곳에 있어야 돼."

그는 매몰차게 안젤라를 뿌리쳤다. 그때만 해도 모든 게 자기가 마음먹은 대로 잘될 줄 알았다. 욕심과 잘못된 판단으로 모든 일을 망쳐버렸다는 것을 깨닫는 데에는 긴 시간이 필요치 않았다.

그는 해가 진 뒤에도 한참을 도시의 야경을 바라보며 앉아 있었다. 지금 당장 안젤라와 연락이 된다고 해도 달라질 일은 없었지만, 그는 몇 년째 집요하게 그녀를 찾고 있었다. 얼마 전에도 그녀의 어머니는 "이제 그만 연락하지 말아줘요. 안젤라를 찾지도 말구요. 이건 우리에게 너무 무례한 일이에요"라고 정중하게 말했지만 그뒤에도 그는 연락을 멈추지 않았다.

그러니까 그가 선뜻 그리스 북부 투어 가이드를 맡은 이유도 거기에 있었다. 안젤라에 대한 마음을 아는 아테네의 친구들은 그런 그를 말려보기도 했지만 소용없는 일이었다. 만나서 용서를 빌고 자기의 마음을 전한다면 모든 게 원래대로 돌아올 것만 같은 믿음이 있었다. 그리스 친구들은 "그것도 일종의 폭력이야. 상대방이 연락을 피하는 이유가 있으니까 너는 그런 마음을 존중해야 하는 게 맞는 거야"라고 틈날 때마다 조언을 했지만 그는 듣지 않았다. "한국식 사랑이 있는 거야." 그는 대수롭지 않게 대꾸했다.

안젤라의 언니는 여전히 그곳에 있었다. 그녀는 가수였는데 한 호텔 식당에서 오랫동안 노래를 부르고 있었다. 공연이 시작되려면 한 시간여가 남아 있었다. 그는 구석자리에 앉아서 떨리는 마음을 가라앉히려고 애썼다. 얼마 지나지 않아 안젤라의 언니가 그에게 왔다.

"당신이군요. 어쩐 일이에요?"

그는 그녀의 이름이 기억나지 않았다. 멋쩍게 눈인사를 할 뿐 선뜻 어떤 말도 하지 못했다. 그녀가 담배를 피웠다.

"안젤라를 만나러 왔어요. 제 연락을 받지 않는데 혹시 무슨 일이 있는 건가 해서요."

"그사이 그리스 말이 늘었네요? 같이 먹을래요? 저는 지금 뭐라도 먹어야 해요. 안 그러면 힘이 없어서 노래가 나오지 않아요."

그녀는 종업원이 가져온 파스타를 먹기 시작했다. 어색한 시간이 흘렀다. 그녀는 파스타를 먹는 둥 마는 둥 했지만 와인은 연거푸 여러 잔을 미셨다.

"안젤라를 이제 그만 잊어요. 그녀는 잘 있어요."

"통화라도 하게 해주세요. 꼭 전할 말이 있어요."

"안젤라는 이곳에 없어요. 당신하고 헤어지고 난 뒤 크로아티아로 떠났어요. 그곳에서 어린아이들을 돌보는 일을 하고 있어요."

낭패였다. 언젠가 그런 말을 들은 적이 있긴 했다.

"연락처를 알려주세요. 꼭 전할 말이 있어요."

"그건 안 돼요. 그녀가 원치 않으니까요."

그녀가 무슨 말인가를 하려다가 말고는 살짝 미소를 지었다.

"이제 가봐야 해요."

그는 더 붙잡을 수가 없었다. 그녀가 사라지자 종업원이 다가와서 주문을 하겠냐고 물었다. 음악 공연이 포함된 식당이어서 음식값이 비쌌다. 그는 식당을 나왔다. 발걸음이 쉬 떨어지지 않았다. 도시의 수많은 불빛이 점점이 반짝였다. 눈물이 나려는 것을 참았다. 기대하지는 않았지만 막상 예상했던 그대로다보니 낙담이 더 컸다. 그는 우두커니 벤치에 앉아서 야경을 바라보았다. 주변에는 커플들과 가족들이 한가로운 여름밤을 보내고 있었다.

여행객들에게서 전화가 걸려온 것은 언덕을 내려와 호텔 근처에 다다랐을 때였다. 아무리 기다려도 두 사람이 오지 않는다고 했다. 동상 옆 노천카페에서 기다리라고 이른 뒤에 그는 정신없이 걷기 시작했다. 그는 곧 온통 땀범벅이 되었다. 뛰다시피 걸었다. 길을 잃은 여행객 걱정보다 안젤라의 언니와 나누었던 얘기가 자꾸 그의 발걸음을 붙잡았다.

"아니, 오지 말라고 전화를 여러 번 했는데 받지 않으셔서."

허둥지둥 걷는 그를 먼저 알아보고 장로님 한 분이 다가와서 멋쩍은 표정으로 말했다.

"길이 엇갈릴까봐 그냥 기다렸어요. 가이드님에게 전화하고 얼마 안 돼서 기다리던 사람들이 왔어요."

"그럼, 다행이죠."

"우리 시원한 거 한잔 마시고 들어갑시다. 미안하게 헛걸음을 시켰네, 우리가."

그가 괜찮다는 듯 손을 저었다. 막 자리에 앉아 숨을 고르며 주위를 둘러보았다. 익숙한 얼굴 하나가 그를 바라보며 웃고 있었다. 그는 자기도 모르게 벌떡 일어섰다. 같이 앉아 있던 여행객들이 놀란 눈으로 그를 바라보았다.

"안젤라."

그는 이미 그녀에게 다가서고 있었다. 다가서는 그를 맞아 그녀도 자리에서 일어섰다.

"오랜만이야, 민우. 이렇게 말하는 거 맞아?"

그녀가 더듬더듬 한국말로 그를 맞았다.

"얼마나 찾았다고. 왜 내 전화를 안 받은 거야?"

"무슨 연락?"

"누구야?"

그때서야 그녀에게 동행이 있다는 것을 알아차렸다. 그가 멈칫 그녀 앞에 앉은 남자를 바라보았다.

"말한 적 있지? 그 한국 친구야."

"아, 반갑습니다."

남자가 일어나서 두 손을 모으며 어설픈 한국말로 말했고, 그에게 악수를 청했다. 그는 선뜻 남자가 내민 손을 잡지 못했다.

"민우, 잘 지냈어?"

민우는 차마 안젤라의 언니를 만나고 오는 길이라고는 얘기할 수가 없었다. 그가 천천히 남자가 내민 손을 잡았다. 언제나 깊이 생각에 잠겨 있는 광장의 거대한 아리스토텔레스가 그들을 가만히 내려다보고 있었다. 한여름 밤의 광장은 모처럼의 활기로 들떠 있었다.

메초보Μέτσοβο는 우연히 나타난다

요르고스 란티모스는 다른 날보다 더 일찍 갈라시아스 식당에 나왔다. 오늘은 성모승천대축일이다. 아침 6시면 벌써 날이 훤해졌지만 그는 더 일찍 첫새벽에 출근을 했다. 그의 집은 식당이 위치해 있는 메초보의 중심 거리인 아베로프Αβέροφ에서 걸어서 한 시간 정도 떨어져 있다. 한 번도 차를 가져본 적이 없는 그였기에, 언제나 걸어서 출근했고 퇴근 후에는 걸어서 집으로 갔다. 눈이 오거나 비가 와도 달라지는 건 없었다. 눈이 오는 날엔 두 시간이 걸렸고 비가 오는 날엔 바지를 걷고 걸어도 온몸이 흠뻑 젖기 일쑤였다. 그의 집은 메초보의 건너편 마을인 아닐리오Ανήλιου에 있었는데 그곳은 아내의 고향이다. 그의 집은 아내가 나고 자란 아내의 고향집이다. 전쟁이 끝나고 지었으니 집도 백 년이 훌쩍 넘은 나이이다. 그가 사는 마을은 메초보에서 산 하나를 내려가서 다시 그만큼 올라야 하는 맞은편 산 중턱이었으므로 이젠 식당을 오가는 길이 제법 힘에 부쳤다. 그의 집에선 메초보가 한눈에 들어왔는데, 변함없는 주황 지붕의 마을을 바라보면 지난 세월이 무색해졌다.

메초보는 그리스 중부의 작은 산골 마을이다. 그곳에 사는 요르고스 란티모스는 51년간 한 식당에서 일했다. 그곳은 마을에서 가장 유명한 식당이었는데, 그는 고기를 굽는 일을 했다. 한 시간 거리의 이오안나Ιωάννινα와 라리사 등의 대도시에서 평일에도 많은 사람들이 식당을 찾았다. 요르고스는 그곳에서 51년을 하루처럼 보냈다.

메초보는 핀두스 산맥 북부 에피루스 산 중턱에 있다. 해발 1,150미터에 위치한 메초보는 서북쪽으론 이오안나, 남쪽으론 라리사, 메테오라, 동쪽으론 저 멀리 올림포스 산으로 연결되는 길목이다. 일찍이 이곳엔 행상들이 자리를 잡고 크게 두각을 나타내어, 베니스까지 진출한 대상도 여러 명이었다. 오스만과의 전쟁중에는 격전지 중 하나이기도 했다.

겨울이 이 산골 마을의 성수기인 것은 틀림없는 일이었지만, 8월 15일 성모승천대축일은 1년 중 가장 손님이 많고 바쁜 날이었다. 그는 새벽 4시에 집을 나섰고 5시가 조금 넘어서야 식당에 다다랐다. 식당에 도착해보니 배달 온 고기가 문 앞에 놓여 있었는데 귀퉁이 포장이 뜯겨 있었다. 마을의 개나 고양이가 먼저 대축일을 기념해 맛본 흔적이었다. 그는 가슴에 성호를 그었다.

그는 익숙하게 숯을 놓고 불을 붙였다. 많은 숯이 한번에 불이 붙었다가 가라앉기를 기다렸다. 숯에 완벽하게 불이 붙지 않으면 고기에 그을음이 앉고 맛도 좋지 않기 때문에 불 피우는 일이 고기를 굽는 일 중에서 가장 중요했다. 51년 동안이나 해온 일이었지만 매일 숯의 불기는 차이가 있었다. 그만이 알아채는 일 중의 하나였다. 평소보다 몇 배나 되는 손님이 몰리는 날이었으므로 숯불도 그만큼 더 많이 필요했다. 그리스인들에게 성모승천대축일은 가장 중요한 날로, 아침 미사 후에 온 가족이 모여 특별한 음식을 먹는 풍습이 있다. 집집마다 양을 잡았고 돼지고기를 구워 먹었다. 아침이 되면 마을 전체에 연기가 피어올랐다.

그는 이른 아침 식당에 홀로 나와 숯불을 피우고 하루 동안 낼 고기를 정리했다. 숯불 위, 높이 고기를 매달고 연기로 오랜 시간 초벌을 했다. 수분이 날아가지 않게 고기를 돌려가면서, 오랜 시간 연기로 겉면만 살짝 익혀두는 게 관건이었다. 연기로 초벌을 하려면 많은 숯과 높은 열기가 필요했으므로 적절한 온도로 숯불을 피우는 게 갈라시아스 식당의 비법이라고 할 수 있다. 요르고스가 없는 갈라시아스 식당의 음식 맛은 다른 날과 분명한 차이가 있다. 그가 갈라시아스 식당의 숨겨진 비법이었다.

그는 숯에 불을 붙여놓고 숨이 가라앉기를 기다리면서 고기를 정리했다. 부위별로 자르고 종류별로 나누어놓았다. 단순한 그 일을 하는 데 몇 시간이 걸렸다. 얼추 일이 끝나자 아침이 지났다. 그는 벽에 기대고 앉아 느긋하게 커피를 마셨다. 대축일을 알리는 교회의 종소리가 울렸다.

"자네가 이렇게 일찍 웬일이야?"

앳된 여자애가 ㄱ 앞에 불쑥 나타났다. 식당에서 일을 시작한 지 얼마 되지 않은 신참이었는데, 그는 그녀의 이름이 기억나지 않았다.

"노인 사장님이 요르고스 아저씨를 도와드리랬어요. 제가 식당의 제일 막내라구요."

그녀가 말하는 노인 사장은 갈라시아스의 아들이자 지금 여사장의 아버지인 나후렌시오 갈라시아스이다. 그는 요르고스보다 네댓 살 많았는데 그보다 젊어 보이고 정정했다. 그도 평생을 갈라시아스 식당에 바쳤다. 나후렌시오와 요르고스는 사장과 직원의 관계였지만 평생을 함께한 둘도 없는 친구였다.

그가 일평생 숯불로 고기를 굽는 동안 식당의 사장은 세 번이나 바뀌었다. 현재 사장은 식당을 열었던 갈라시아스 씨의 손녀이다. 사십대 초반의 그녀는 근처에서 가장 유명한 식당에 만족하지 않고, 식당을 그리스에서 가장 유명한 명소로 만들기 위해 인터넷과 SNS를 통해 식당을 홍보했다. 메초보는 겨울 풍경이 유명한 곳으로 근처에 스키장도 있어서 겨울이 성수기였으나, 젊은 여사장의 노력이 효과가 있는 것인지 여름에도 분명 매출이 늘어났다. 소문은 그리스 전역으로 퍼졌고, 따라서 식당에서 일하는 사람도 많아졌다. 요르고스의 고기 굽기도 계절에 상관없이 바빠졌다.

"그래, 그게 우리 식당의 오랜 정통이지. 대축일에 식당의 막내가 나를 돕는 것 말이야. 그런데 오늘같이 바쁘고 재미있는 날에 내 옆에서 온종일 연기를 마시는 게 그리 좋은 일처럼 보이진 않는구나."

"아니에요. 저는 기쁜걸요. 서빙을 하며 사람들을 상대하는 것보다 저는 이 일이 더 좋아요."

"그렇다면 다행이구나. 미안한데 네 이름이 기억나지 않아. 용서해다오. 늙으면 중요한 것만 잊게 된단다."

"줄리아예요. 흔한 이름이어서 금방 까먹는 걸 거예요. 괜찮아요."

"이곳 출신이 아니랬지?"

"소피아에서 왔어요. 아버지는 그리스 펠로폰네소스 출신이세요."

"멋진 곳에서 나고 자라셨구나. 안타깝게도 난 한 번도 가보지 못했지만 들어서 잘 알고 있단다."

"저도 마찬가지예요."

"그곳이 멋지다는 것을 그리스 사람들 모두가 알고 있지."

"맞아요. 그렇지만 제게 그렇게 의미 있는 곳은 아니에요."

"아직 앳돼 보이는데 몇 살이지?"

"열아홉이요."

"정말이지 꿈같은 나이구나. 나는 그 나이에 이 일을 시작했단다."

"정말요? 저도 이 일을 배워보고 싶어요."

"그건 좋지 않은 생각 같구나. 51년이나 이 일 때문에 이곳을 떠나지 못했단다."

요르고스가 빙긋이 웃으며 줄리아를 바라보았다.

"이번 생일을 끝으로 이제 일을 그만두신다는 게 정말이에요?"

"나는 너무 오래 이 일을 했단다. 이젠 다른 일을 해보고 싶구나. 많이 늦었지만 말이야."

"노인 사장님이 성대한 생일 파티를 열어주신댔어요."

"부끄럽고 쑥스럽구나. 아들, 딸들의 결혼식도 모두 갈라시아스 식당에서 했는데 말이다. 생일 파티를 연다는 게 익숙하지가 않아."

"그보단 퇴임식 같은 거죠. 식당 식구 모두 기대가 커요. 그날에 맘껏 먹고 마실 준비를 지금부터 하고 있다구요."

"모두에게 의미 있는 날이 되면 좋겠구나."

요르고스가 씁쓸한 듯 턱을 어루만졌다.

"아저씨, 건강이 좋지 않으시다면서요? 어디선가 들었는데 숯에서 나오는 연기가 폐질환을 유발한대요."

"그럴 수도 있겠지. 그런데 난 살 만큼 살았단다. 사랑하는 사람들이 모두 떠나고 나니 그런 생각이 부쩍 들어. 아내는 맑은 공기 안에서만 살았는데도 벌써 내 곁을 떠났단다."

요르고스의 눈가가 어느새 촉촉하게 젖었다. 그가 건너편 산마루의 자기 집 쪽을 멍하니 바라보았다.

"일흔 살은 많은 나이가 아니에요. 저희 동네에서는 아직 청년으로 불릴 나이예요."

"하하하하. 그리스도 그렇지만 불가리아가 장수하는 나라라는 걸 모르는 사람은 없지, 물론."

두 사람은 이가 드러나도록 환하게 웃었다.

"식당을 그만두면 무슨 일을 하고 싶으세요?"

"여행을 떠날 거란다. 크레타, 낙소스, 미코노스, 산토리니, 로도스 같은 남부 섬에 꼭 한번 가고 싶구나. 기회가 된다면 돌아오지 않을 생각이란다. 아버지가 크레타 출신인데 돌아가실 때까지 그곳을 그리워하셨지."

요르고스의 아버지는 오스만과의 마지막 전쟁 참전 용사로 원래는 크레타 출신이었는데 전쟁이 끝나고 메초보에 눌러앉았다. 요르고스에겐 두 명의 형과 두 명의 여동생이 있었지만 청년이 된 후 뿔뿔이 흩어졌고 그 혼자만 부모님 곁에 남았다. 아버지의 포도 농사일을 거들다가 그만두고 갈라시아스 식당에서 고기를 굽기 시작한 것이 열아홉 살이 되던 해였다.

"여행이라니, 멋진 일 같아요."

"줄리아, 너도 기회가 된다면 펠로폰네소스에 꼭 가보렴."

"아직 젊으니까 언젠가는 기회가 있겠죠."

요르고스가 무슨 말을 하려다가 한참을 망설였다.

"나도 그렇게 51년이 훌쩍 지나버렸단다."

요르고스가 침침한 눈을 끔벅이며 줄리아를 바라보았다.

"여행이 좋긴 하지만 아내가 살아 있었다면 더 의미 있는 일이었겠지. 신나는 일이긴 하지만 마음이 그렇게 좋지는 않구나. 사랑하는 사람과 함께하는 여행이 진짜 여행이지. 한 번도 그러지 못해 너무나 후회스럽단다."

대축일 미사를 알리는 종소리가 깊고 멀리 퍼졌다. 산에서 산으로 종소리가 우렁차게 메아리쳤다.

그는 일흔번째 생일을 앞두고 있다. 결혼은 한 번 했고 두 명의 아들과 딸 하나를 두었다. 두 아들은 모두 이오안니나에 살고 있고 막내딸은 테살로니키에서 산다. 자식들이 모두 가까운 곳에 살고 있지만 특별한 기념일이 아니고서는 보기가 쉽지 않다. 두 명의 형과 두 명의 여동생은 모두 죽었다. 아테네에 살던 막내 여동생이 세상을 뜬 게 작년이고, 사랑하는 아내가 그의 곁을 떠난 지도 5년이 지났다. 아내와 스물다섯에 결혼해서 40년을 함께 살았다. 눈이 엄청나게 쏟아지던 겨울밤, 동갑내기 아내는 그의 품안에서 평화로이 숨을 거두었다. 아내는 너무 일찍 그의 곁을 떠났고 그는 정말 혼자가 되었다. 아내가 죽은 이후 그는 하루하루 다르게 다가오는 슬픔을 안고 살았다. 시간이 5년이나 흘렀지만 아내가 없다는 허전함은 매일 새롭고 여전했다.

"사랑하는 사람과 함께하는 게 무엇보다 중요하단다. 특히 이런 산골짝에서 사랑하는 사람과 보낸 시간은 도시에서의 시간과는 다르게 흐른단다."

"그런데 여긴 너무 심심해요."

"물론. 답답할 거야. 그런데 이 고요함이 도시에 나가면 그리울 거란다. 젊었을 때 난 그게 가장 두려웠어."

요르고스는 한 번도 메초보를 떠난 적이 없었다. 그가 가본 곳이라고는 근처의 도시들이 다였다. 이오안니나와 테살로니키, 라리사와 칼람바카 같은 도시에 간혹 친척의 결혼식이나 장례식에 참석했던 일을 빼곤 그는 평생을 산골 마을인 메초보에서 살았다. 그는 평생 식당에서 고기를 구웠다. 세월이 그렇게 흘렀지만 그는 하루를 산 것처럼 허망한 마음이 들곤 했다. 많은 일이 있었지만 아무 일도 없었던 듯 매일 똑같은 하루가 51년이나 흘러버렸다. 지난 모든 일들이 어제 일어난 것처럼 또렷했다. 마을은 바뀐 게 없었고 그의 하루도 바뀐 게 없었다.

대축일 미사를 알리는 종이 다시 길게 울렸다. 여음이 길게 퍼져나갔다.

"미사가 시작되었나보구나. 우린 이제 음식을 차리자꾸나. 대축일 아침을 식당 식구들이 모여 함께 식사하는 것도 갈라시아스 식당의 전통이지. 오늘은 아침을 든든하게 먹어야만 한단다. 그러지 않으면 바빠서 식당이 끝날 때까지 한끼도 먹지 못할 수도 있으니 말이야."

"맞아요. 점심 예약 손님만 3백 명이 넘는댔어요."

"너는 들어가서 빵과 수프를 내오렴. 나는 얼른 고기를 구울 테니."

요르고스는 능숙하게 양고기를 굽기 시작했다. 일흔 살 생일까지는 보름이 남았다. 정말 이 일을 그만둘 수 있을지 그 스스로도 알지 못했다. 그

래야 한다고 생각했지만 그럴 수 있을지는 자신도 알지 못했다. 당장 그
는 고기를 태우지 않기 위해 집중할 뿐이었다.

세상의 끝에 깊고 깊은 물빛

이오안니나는 고요하고 적막하다. 그는 그런 도시의 아름다움이 무섭다는 생각마저 들었다. 오리가 앉았다 날아간 자리에서 물무늬가 크고 잔잔하게 퍼져나갔다. 그는 멍하니 호수를 바라보고 앉아 있었다. 깊은 호수에 빠져서 헤어나오지 못할 것만 같은 그런 느낌이었다. 도시는 고대의 시간 안에 여전히 머물러 있었고 도시를 둘러싸고 있는 호수는 그 시간의 방대한 연속성을 가늠하기 힘들 정도로 깊었다. 호수는 언뜻 아주 고요한 바다를 연상케 할 만큼 크고 넓었다. 그는 호숫가를 천천히 걷기 시작했다.

오래된 이오안니나 성채Κάστρο Ιωαννίνων 안 골목을 산책하다가 2층 테라스에서 햇볕을 쬐고 있는 한 노파와 눈이 마주쳤다. 노파는 움직임이 없었고 시선도 허공에 고정되어 있어서 그는 조금 이상한 생각이 들었다. 그가 살짝 고개를 숙였다. 미소를 머금으며 눈인사를 했지만 노파는 여전히 무표정했다. 그를 바라보고 있는 줄 알았는데, 노파의 표정은 허공에 먼 시선을 둘 뿐 미동도 없었다. 그는 조금 머쓱해져서 걸음을 옮겼다.

오래된 집과 담은 시간을 고스란히 간직하고 있었다. 한 식당 건물 앞에는 건물이 1,500년이나 되었다는 소개 문구가 적혀 있기도 했다. 아직까지도 그 안에서 생활하고 장사를 하고 있는 게 그로선 여간 신기한 일이 아니었다. 그는 기억을 더듬으며 한 식당을 찾았는데 결국은 찾을 수 없었다. 그녀와 자주 가던 식당이었다. 벌써 20년이나 지났으니 없어졌거나 기억을 못하는 게 당연하다고 여기면서도 어쩐지 서운한 마음이 들었다. 조금 더 골목에 머물고 싶었지만 낭패감에 바쁘게 골목을 빠져나와 성벽을 따라 걸었다. 광장을 향해 카르말리 거리Λεωφ. Καραμανλή를 걷기 시작했다.

성채 바깥 호숫가는 울창한 나무가 숲을 이루고 있었다. 광장과 카페에 많은 사람이 여름 오후의 느긋함을 즐기고 있었다. 그도 마빌리 광장Πλ. Μαβίλη의 카페 한쪽에 자리를 잡고 앉았다. 방금 전에 만났던 노파를 떠올리자 죽음이 아주 가까운 근처에 와 있는 기분이 들었다. 노파는 멀리 마중을 나간 시선을 붙잡는 중이었을지도 모른다는 생각을 했다. 어쩌면 그가 이오안니나를 찾은 것은 그런 이유 때문일지도 몰랐다. 그의 마음이 끌리는 여행지는 하나같이 너무 적막해서 죽음도 가까이 오지 못할 것처럼 고요한 곳이기 때문이다. 그는 카페에 앉아 그간 그의 기억에 남은 적막의 도시를 떠올렸다. 한국을 떠나온 지 넉 달이 지나고 있었고 언제 돌아갈 수 있을지 알 수 없었다. 돈이 바닥나면 결정할 생각이었다. 한국으로 돌아갈지 아니면 어느 곳에 남을지 아직은 알 수 없다.

그는 암으로 투병한 지 5년이 지났고 작년에 완치 판정을 받았다. 폐의 3분의 1을 잘라냈고 담낭도 떼어냈다. 지난 5년의 시간이 어떻게 지나갔는지 아련했다. 그사이 아내와 이혼했다. 아이들은 헤어진 아내가 키웠는데 본 지 1년이 다 되어가고 있다. 잘 다니던 일자리를 잃었고 퇴직금과 보험금으로 받았던 돈은 바닥을 보이고 있다. 그는 작은 원룸에서 혼자 지냈는데 그마저도 여행을 오면서 처분했다.

"당분간 한 달에 한 번씩은 검진을 받아야 합니다."

퇴원하던 날 의사가 말했지만 그는 뒤로 병원에 가지 않았다. 암이 재발했다는 것을 안 것은 얼마 전의 일이다. 그는 완치 판정을 받은 뒤에 아무런 관리를 하지 않았다. 근래 계속 속이 좋지 않아서 병원을 찾은 것이었는데 암이 위에 재발했다고 했다. 다시 암이 재발한다면 어떤 치료도 받지 않을 거라고 다짐했던 터라 그는 다시 병원에 가지 않았다. 대신 여행길에 올랐다.

"길에서 떠돌다 죽고 싶어."

출국하기 전날 밤, 그가 아내에게 전화를 걸었다. 전처는 한숨만 내쉬었다.

"암이 재발했어. 이젠 끝장인 거야."

"그럼, 병원에 가야지 왜 여행을 가는 거야?"

"항암 치료 받으면서 다짐했거든. 다신 병원으로 돌아가지 않을 거라고."

"그래도 치료를 받아야지. 그렇게 하면 어떡해."

"그런데 남자친구는 뭐 하는 사람이야?"

전처는 대답하지 않고 길게 한숨만 내쉬었다.

"유림이 앞으로 통장을 만들었어. 내가 줄 수 있는 건 그게 다야."

"그럴 필요 없어. 당신에게 써."

그는 돈을 정리해서 반을 딸에게 남겼다. 많은 돈은 아니지만 그가 줄 수 있는 최선이었다.

"돈보다 유림이에게 오래오래 좋은 아버지로 남아줘."

그는 말없이 한숨을 길게 내쉬었다.

그는 한국을 떠나서 미얀마를 떠돌았고, 네팔에도 다녀왔다. 조금씩 서쪽으로 움직였고 그리스에 도착했다. 그가 여행한 곳은 예전에 갔던 곳이 대부분이었다. 낯설고 새로운 풍경에 대한 궁금증이 없기도 했지만 기억에 특별한 곳으로 남겨진 곳을 그는 둘러보고 싶었다.

이오안나는 젊은 날 그가 한 여자를 만나 사랑하고 헤어진 도시이다. 아나스타샤는 대학을 갓 졸업하고 유치원 교사로 일하고 있었고, 그는 그리스 지사로 파견 나와 있었다. 물론 그때도 전처와 연애를 하고 있었지만 그리스에 와서 그는 아나스타샤를 사랑하게 됐다.

그는 노천카페에 앉아 오래전의 그녀를 떠올렸다. 그녀도 이제 마흔을 넘었을 텐데 그 모습이 잘 그려지지 않았다. 허리까지 늘어뜨린 검은 머리카락이 선명하게 떠올랐지만 어쩐 일인지 얼굴은 점점 기억 속에서 희미해져갔다. 보고 싶었다. 어디에서 어떻게 살고 있는지 그는 전혀 알지 못했다.

그녀와의 이오안나, 꿈같은 날들이었다. 호숫가에 앉아 속삭이던 밀어들이 지금도 어딘가에서 물결을 타고 흩어지고 있는 것만 같았다. 가지

런하던 이와 웃을 때마다 움푹 팬 보조개가 그의 기억 속에서 선명하게 살아났지만 어쩐 일인지 그 이미지를 모으면 하나로 완성되지 않았다. 뿌연 형체로만 떠오르는 통에 그는 마음이 쓸쓸해졌다.

천천히 노을이 지고 있었다. 웨이트리스가 주문을 받으러 왔다. 그는 그때서야 메뉴판을 건성으로 들여다보았다. 날이 갈수록 통증이 심해졌다. 먹어야 하는 진통제의 양이 늘어났고 한국에서 가져온 진통제는 얼마 남지 않았다. 먹는 것에 점점 더 별생각이 없어졌다. 종종 한국 음식이 생각날 때를 빼고는 한국이 그립지도 않았다. 그는 닭고기 수프와 그리스식 샐러드를 주문했다.

"이름이 아나스타샤예요?"

그는 웨이트리스가 차고 있는 명찰을 보며 물었다.

"정말 흔한 이름이죠."

"저도 예전에 알던 한 명의 아나스타샤가 있어요."

"그리스에선 올리브만큼이나 아나스타샤가 흔해요."

웨이트리스가 웃었다. 그녀는 금발이었는데 아마도 염색을 한 것이 분명했다. 그리스엔 원래 금발이 없는데 많은 여성들이 검은 머리를 버리고 금발로 염색을 하는 게 유행이다.

"술은 어떻게 할까요?"

그는 눈을 껌뻑이며 그녀를 빤히 쳐다보았다. 무슨 말인지 모르겠다는 표정이었다. 술을 마신 지가 언제였는지 기억도 나지 않았다.

"하우스 와인이 제법 괜찮아요. 산토리니산이거든요."

그는 잠깐 망설이다가 와인을 한 잔 주문했고 웨이트리스가 금방 가져

왔다. 그는 와인을 마시며 호수 건너 산꼭대기에 걸린 태양을 잔뜩 찡그
린 채 바라보았다. 통증이 심해져서 그는 진통제 한 알을 더 먹었다. 숙소
로 가려면 20여 분을 걸어야만 했는데 자신이 없었다. 여덟시가 넘었지만
아직도 태양의 위력은 기세등등했다. 하지만 그리스의 다른 곳보다 덥다
는 생각이 들지 않았다. 넓은 호수가 도시를 둘러싸고 있기 때문이다. 햇
빛의 찬란함은 다른 곳보다 더했는데, 호수에 반사된 햇빛 때문에 한낮에
는 선글라스를 끼지 않으면 눈을 똑바로 뜨기 어려울 정도다.

자신이 혼자라는 생각이 들 때면 외롭거나 쓸쓸한 감정보다 다행이라
는 생각이 들었다. 혼자 죽어가는 것이 마음 편했다. 투병중에 병문안 온
가족들, 친구들과 어색한 시간을 보내는 것은 여간 곤혹스러운 일이 아니
었다. 기약할 수 없는 만남이라 여기고 찾아온 이들에게 아무렇지 않고,
걱정을 덜어내주어야만 하는 것도 아픈 사람의 몫이라는 것을 알았다. 그
는 필요 이상으로 대수롭지 않은 척했고 건강한 척해야만 했다. 병문안
온 사람들도 과장해서 우스갯소리를 하거나 억지로 웃음을 만들어내곤
했다.

와인이 온몸으로 퍼져나가는 것 같았다. 금방 얼굴이 달아올랐다. 음식
이 나왔지만 수프를 몇 순가락 떠먹자 생각이 없어졌다. 해가 산 너머로
모습을 감추자 어둑어둑해졌다. 그는 일어나서 호숫가 산책로를 따라 천
천히 걷기 시작했다. 다른 날보다 통증이 엄청 심해서 그는 카페에서 나
오기 전 약을 한 알 더 먹었다. 와인 탓인지 약 때문인지 더 몽롱한 상태가
되었다. 호숫가 산책로 디오니스 필로소푸Διονυσίου φιλοσόφου는 천 년도 넘
은, 웅장하고 거대한 나무들이 길가에 늘어서 있었다. 울창한 나무 아래,

사람들은 가족과 함께 산책했고 연인들은 벤치에 앉아 여름밤을 맞이하고 있었다.

그 모습들이 아득하게 느껴졌다. 오래전에 잃어버린 한 장의 사진처럼 남은 기억 속을 그도 헤매고 있었다. 멀어져가는 그녀의 뒷모습을 보고 있었다. 밝고 아름다운 미소로 그를 돌아보던 그녀, 이제 호수 어딘가로 흩어져 수면 아래로 가라앉고 있다. 잔잔히 퍼지는 물그림자. 졸음이 몰려왔다. 어쩐 일인지 눈을 뜰 수가 없었다. 누군가가 그를 흔들었지만 물속에 몸이 잠기는 것 같았다. 점점 그를 부르는 목소리가 멀어지며 아득해졌다. 몸은 깃털처럼 가벼워졌지만 정신은 호수 깊은 곳으로 한없이 가라앉았다.

절벽 위에 선 포세이돈

아테네에서의 여름은 바빴다. 떨치지 못한 일을 등에 짊어지고 갔던 것도 버거웠지만, 봐야 하고 걸어야 하고 맛봐야 하는 것이 너무나 많았기 때문이다. 그리스 여행은 언제나 선택의 연속이었고 우유부단한 심정과 욕심은 가장 멋진 일을 놓치게 만들기도 했다. 빠르게 지나가는 시간과 아쉬운 선택으로 여행은 늘 후회를 남기지만, 그 남겨진 후회가 미혹을 만들어내기도 했다. 때때로 그것은 다시 떠날 수 있는 용기를 만들어주기도 했으니 손해만 남는 일은 아니었다.

중년의 요르고스와 빌리 부부를 만난 것은 수니온*을 향해 가던 날이었다. 늦은 오후가 되어서야 일행은 포세이돈 신전에 가기 위해 느럭느럭

---

* 수니온 곳은 한낮의 풍경도 아름답지만 석양을 놓치지 말아야 한다. 그곳에서 바라보는 일몰은 포세이돈이 페가수스를 맞이하는 성스럽고 찬란한 의식처럼 느껴진다. 꼭 차를 렌트해서 그 아름다운 도로를 달려보라. 하지만 아름다운 풍경에 넋을 빼앗겨 사고가 빈번하게 일어나니 주의해야 한다.

집을 나섰다. 신타그마에서 탄 트램은 그날따라 더욱 느리게 느껴졌다. 아테네의 트램은 두 개의 노선이 있는데 아테네 남부 해안가인 이뎀에서 서쪽의 피레우스, 동쪽의 볼라로 갈라졌다. 우리는 트램의 동쪽 종착역인 볼라에서 내려 빌리와 함께 이동하기로 했다.

나와 C와 J는 그전에 수니온을 가려고 마음만 먹었다가 길이 멀어 접은 적이 있었다. 요르고스, 빌리 부부가 친절히 안내를 맡겠다고 했음에도 단지 가는 길이 멀고 집을 나서기가 귀찮아서 일방적으로 약속을 취소한 터였다. 결국 어렵게 집을 나선 날도 다시 잡은 약속이었지만 미적거리다 약속한 시간보다 두 시간이나 늦어버렸다. 그리스의 여름은 해가 아홉시나 되어야 저문다는 게 그나마 다행스러운 일이었다. 하마터면 빌리에게 두 번이나 허탕을 치게 만드는 실례를 할 뻔했다.

빌리는 우리 일행을 집으로 초대했는데 빌리의 친정엄마와 사촌 가족들, 여동생 가족 등 10명이 넘는 대가족이 우리를 맞았다. 그녀의 집은 아테네에서 동북쪽으로 차로 한 시간쯤 떨어진 바리Βάρη의 중산층 동네에 있었다. 그녀의 집은 원래 엄마의 엄마 집인, 그러니까 외가였는데 백 년이 넘은 고택이 아직도 남아 있었고, 옆에 새로 지어진 3층짜리 주택에 대가족이 살았다. 1층엔 친정엄마가 살았고, 2층엔 여동생 가족이, 3층엔 빌리와 요르고스가 살았다. 빌리는 아이가 없어서 훗날 여동생의 딸인 아프로디테에게 집이 상속될 거라고 했다. 한국인인 우리 셋은 그게 좀 이상하게 느껴졌다. 우리는 차를 마시며 아홉 살인 아프로디테가 한국 아이돌 음악에 맞춰 춤을 추는 것을 즐거운 마음으로 지켜보았고, 〈곰 세 마리〉를 따라 부르기도 했다. 한국에 관심이 많은 빌리 때문에 가족 모두가 한국의 음악, 드라마, 문화에 밝았다. 우리 셋은 그게 더 이상하게 느껴져서 멋쩍기만 했다. 오히려 빌라나 그녀의 가족보다 우리가 한국의 아이돌 가수나 드라마에 대해서 아는 게 없었기 때문이다.

멀리 떠나면 모든 것이 확연히 보이곤 한다. 나의 부모 형제, 사촌과 언제 그렇게 둘러앉아 한적한 여름 오후를 보낸 적 있었던가, 그녀의 가족들과 즐거운 시간을 보내며 그간 무심함에 익숙해진 시간에 씁쓸하기만 했다.

바리에서 포세이돈 신전이 있는 수니온까지는 차로 한 시간 거리였다. 오른편으로 끝도 없이 아름다운 해변이 따라붙었다. 지중해는 보는 곳의 위치에 따라, 시간에 따라 그 모습이 달랐다. 크고 작은 바다가 자꾸 눈을 붙잡았다. 해변을 즐기는 많은 사람이 생각을 멈추게 만들었다. 차창을 모두 열고 전속력으로 달리는 통에 엄청난 바람이 우리를 가만히 두지 않았다. 뺨을 때리고 머리를 헝클었지만 괜찮았다. 습하지 않은 기후가 기분 좋게 만들었다. 일곱시가 넘자 태양의 위력은 조금 시들해졌다. 밤을 향해 가는 많은 것이 아름다웠다. 바다 위에 부려진 찬란한 빛이 다른 모습으로 천천히 변하고 있었다.

여덟시가 다 되어서 수니온에 도착했다. 일몰이 한 시간밖에 남지 않아 우리는 서둘렀다. 수니온은 포세이돈이 바다 끝 절벽에 홀로 서서 바다와 맞서고 있는 모습이었다. 그 웅장하고 기품 있는 모습은 동쪽에서 바라볼 때 더욱 근사하다. 신전 기둥 너머로 사라지는 태양은 아주 조금씩 그 존재를 바닷속에 감추고 있었다.

나는 왜 고대인들이 포세이돈의 신전을 이곳에 지었는지 궁금해졌다.

절벽 위에 선 포세이돈

그 궁금증은 신화에 가닿았다. 포세이돈은 항상 사이가 좋지 않았던 아테나와 한 도시를 놓고 겨룬 적이 있었고 대결은 인간들에게 더 필요한 물건을 내어놓는 것으로 정해졌는데, 말馬을 내놓은 포세이돈이 올리브나무를 내놓은 아테나에게 지고 말았다. 그 도시는 아테나에게 바쳐졌고 그 이름을 따서 '아테네'라고 불리게 되었다. 아테나의 구애를 거절한 포세이돈은 메두사와의 사랑을 대놓고 자랑하였고, 질투가 난 아테나는 메두사를 흉측한 괴물로 만들어버리고 그것도 모자라 죽이고 만다. 포세이돈은 메두사의 영혼이 빠져나가지 않게 잡은 뒤 자기가 좋아하는 말의 피와 섞어 천마 페가수스로 만들었고 후에는 별자리에 올려놓았다. 그러고 보니 포세이돈 신전은 아테나를 등지고 그가 사랑했던 여인을 가장 잘 바라볼 수 있는 자리에 서 있는 게 아닌가. 그리하여 아테나 쪽으로 매일 허물어지는 태양의 빛이 그렇게 슬픈 빛을 발하는 것이 아닌가 싶었다.

해가 완전히 지자 우리는 포세이돈의 사랑의 증표로 남은 밤하늘의 페가수스를 찾았다. 그러곤 아테네로 돌아오는 길, 푸짐하고 환상적인 양고기*로 배를 채웠다. 포세이돈의 사랑을 얻지 못해 질투의 화신으로 남은 도시, 아테네의 야경이 그날따라 더욱 슬프게 점점으로 박히는 것 같았다.

---

* 그리스의 식당은 아무 곳에나 들어가도 기본적인 음식 맛과 서비스가 보장된다. 하지만 바리 근처의 깔리비아라는 마을의 양고기 바비큐 식당은 그런 관념마저도 훨씬 뛰어넘는다. 맛은 물론이고 저렴한 가격과 넉넉한 인심이 환상적이다. 다만 찾아가기가 쉽지 않다. 우리를 본 서버는 동양인은 처음 본다며 어떻게 알고 찾아왔냐고 물었다. 천 석이 넘는 대규모 식당에 매일 자리가 없을 정도로 현지인들에게 인기가 좋다.

국립미술관은 공사중이었다

그리스 여행이 끝나가고 있었다. 여행이 오래 지속되면 일상이 되고, 하루하루의 일상이 모이면 하나의 인생을 만든다. 지중해의 여름은 강렬했고 뜨거웠으며 여유로웠다. 여름은 긴장감 넘치는 날의 연속이었지만 그 모든 날의 햇빛은 평온했다. 떠도는 것과 머무는 것의 차이에 대해 골몰하고 남겨진 것들과 기다리는 것들을 떠올리며 쓸쓸함이 더해진다. 여행의 끝은 언제나 그런가 싶었다. 돌아가야만 할 특별한 이유를 찾지 못할 때, 돌아가는 것이 망설여진다. 지친 몸과 이국의 문화에 익숙해질 무렵 여행은 끝이 난다. 아쉬움보다는 안도감이, 설렘보다는 익숙함이 여행의 끝을 일러준다.

내 여행의 패턴은 언제나 비슷했다. 시내에서 멀지 않은 곳에 적당한 집을 구하고, 근처 일하기 좋은 카페에서 오후를 보냈다. 집에서 한식으로 저녁을 먹고, 한국의 정치나 이슈를 탐색하다가 잠이 들었다. 이른 아침,

집 앞 교회에서 미사를 알리는 종소리에 잠에서 깼다. 한 주를 쉼 없이 일하고, 다음 한 주는 어딘가로 떠났다. 그런 반복이 여행지에서의 일상을 만들어냈다. 조금 오래 산책을 하거나 바라만 보던 지중해에 몸을 담가보는 것 정도가 내겐 특별한 날이었다.

어느새 한국을 떠난 지 두 달이 지나고 있었다. 여행이 한 주가 남았을 때 우리는 크레타 섬에 있었다. 일행을 크레타 섬에 남겨두고 나 혼자 배를 타고 아테네로 돌아왔다. 여행이 길어지면 여행의 정리도 길어지기 마련이다. 막상 빈집에 혼자 있으니 쓸쓸했다. 지난 여러 해의 일상이 그와 같아서 나는 좀 놀랐다. 아침부터 나는 카메라를 들고 아크로폴리스 Ακρόπολη 주변의 아주 익숙한 골목과 오모니아Ομόνοια* 시장 근처를 돌아다니곤 했다. 혼자 있으려고 일찍 섬을 떠나왔는데, 나는 아테네에서 일행이 돌아오기를 손꼽아 기다렸다. 함께가 아니니 모든 게 즐겁거나 신나지 않았다.

하루는 사이클라딕 미술관museum of cycladic art을 향해 걸었다. 중국의 반체제 작가인 아이웨이웨이의 전시를 보러 가는 중이었다. 집이 있는 근대 올림픽경기장Πλατεία Σταδίου 근처에서 미술관으로 가려면 궁을 비롯해 정부 관료 공관이 있는 국립정원 뒤편을 가로질러야 했다. 사이프러스가 우거진 숲과 근사한 공관 사이로 난 길은 리카비토스Λυκαβηττός** 언덕을

---

* 아테네의 구도심 중심지. 사창가와 시장이 위치해 있고 이민자들이 많은 슬럼가이다.
** 해발 277미터로 아테네 시내에서 가장 높은 언덕. 고대부터 귀족들이 이 언덕을 중심으로 모여 살았다. 언덕 위에는 고급스러운 주택가가 형성되어 있고, 언덕 밑에는 레스토랑, 미용실, 귀금속 및 액세서리 가게, 패션 숍, 양복점, 신발 가게 등 고대 귀족들이 이용했던 상점들이 현재에도 명맥을 유지하고 있는 번화한 쇼핑가 콜로나키이다.

향해 뻗어 있었다. 총리 공관을 지키는 근위병의 교대 모습이 볼만했다. 눈도 깜빡하지 않고 서 있는 그들이 신기했다. 여행의 끝은 모든 게 기억이 나지 않을까 조바심이 이는 순간이다. 나는 노골적으로 근위병들에게 카메라를 들이댔다. 곧 한 경찰이 와서 카메라를 보자고 했다. 나는 못 알아듣는 척 황급히 그 자리를 떴다.

사이클라딕 미술관에서 전시를 본 후 내친김에 근처의 국립미술관을 향해 발길을 돌렸다. 그곳엔 엘 그레코의 그림이 여러 점 있었다. 그의 그림을 스페인에서 본 적이 있었고, 몇 년 전 그리스에서도 보았다. 그리스엔 스페인으로 가기 전 초기작들이 주로 남았는데, 그림을 잘 볼 줄 모르는 내 눈에는 교과서에서나 보던 것 같아서 그저 신기하기만 했고, 미술관이라는 공간이 마음을 놓이게 하는 효과도 있어서 하루를 꼬박 보낼 생각이었다.

하지만 국립미술관은 공사중이었다. 실은 공사를 하고 있는 것처럼 보이기보다 방치된 느낌이었다. 전시하던 그림들은 어디에 있냐고 물으니 배드민턴 경기장에 있다고 해서 무슨 말인지 잘 알아듣지 못했다. 알아보니 국립미술관 건물은 독일에 넘어간 듯했고, 엘 그레코 그림을 비롯한 작품들은 임시로 배드민턴 경기장에 전시되고 있었던 것이었다. 그리스가 처한 현실은 이런 경우에 현실적으로 느낄 수 있다. 국가가 가난하면 자신들의 자랑스럽고 구구한 역사와 문화를 지키는 일도 쉽지 않게 된다. 예상보다 일찍 집으로 돌아오는 길, 오래된 그림들이 상하면 어쩌나 걱정이 됐다. 이상하게 마음이 쓰였다.

곧 크레타에서 일행이 돌아왔고 우리는 그리스 여행의 마지막을 어떻게 정리할 것인가 고민했다. 대부분은 쇼핑이나 가보지 못한 아테네의 골목을 사진에 담으며 보냈다. 이젠 정말 떠나야 한다는 생각이 들자 이상한 조바심마저 들었다.

우리는 마지막 여행지를 코린토스로 정했다. 아름다운 해변과 부자들의 화려한 주택들이 즐비했던 동쪽 해안가와 코린토스로 향하는 남서부 해안가는 많은 차이가 있었다. 공장들과 화물선과 큰 배가 드나드는 항구가 많은 것도 그랬고, 이전에 보았던 바다와는 달리 바다가 커 보이는 것도 그랬다. 코린토스는 일찍이 사도 바울이 전도하여 교회를 세운, 우리가 알고 있는 고린도라는 곳이다. 코린토스는 펠로폰네소스 반도의 관문이다. 본토에서 반도로 이어지는 이곳에 운하를 만들고, 위에 다리를 놓았다. 이제 그곳은 엄연하게는 섬이 된 것이 맞았다. 코린토 운하*는 아래에서 보나 위에서 내려다보나 거대했고 장관이었다. 배를 타고 한 시간여 운하를 지나며 구경할 수 있는데, 그것은 신기하고 이상한 경험이었다. 그러니까 바다가 위에서 아래로 흐르는, 강처럼 비스듬한 물길을 거슬러 올라가는 것 같은 시각적인 착각이 일었다. 그 모습은 마치 거대한 바닷물이 우리를 향해서 몰려오는 것처럼 보였다.

아테네로 돌아오는 길, 아름다운 풍경과 햇빛을 두고 떠나는 마지막 하루가 천천히 허물어지고 있었다.

---

* 코린토 운하는 고대에도 수많은 정치가들이 시도하였다. 최초의 작업은 기원전 7세기경에 그리스 폴리스의 정치가에 의해 시도되었으나 기술 부족으로 중단되었다. 그후 그리스의 여러 정치가와 로마 시대의 율리우스 카이사르, 칼리굴라 등이 이를 시작하였다가 암살당하면서 중단되었다. 제대로 작정하고 뚫어 본 건 네로였는데, 그는 유태인 포로들을 동원해 양쪽에서 뚫고 가는 공사를 진행하였다. 하지만 중앙에서 엄청나게 큰 암석 지대를 만났고 이를 도무지 뚫을 수 없었으므로 결국 공사를 포기하고 말았다. 따라서 그때 이후로 계속 보류되어오다 다이너마이트와 같은 첨단 기술이 가능해진 근대에 이르러 비로소 운하를 파는 데 성공했다. ─위키백과 제공

그곳엔 없고 그곳엔 있는

"그리스엔 고아가 없어요. 누구든지 가족이 있다는 말이죠. 근거가 없는 사람은 없다는 말이기도 하구요."

안내인의 말을 들으며 P는 언뜻 그게 무엇을 뜻하는지 알지 못했다.

"아이가 부모를 잃었다면 가장 가까운 친척이 키운다는 말이에요."

"아무 상관없는데도?"

"아무 상관없지 않다는 거지요. 그러니까 우리가 생각하는 가족의 개념이 넓은 거예요. 사촌이 없다면 팔촌이 아이를 돌봐야 할 의무가 있다고 여기는 거죠."

"그건 동양적인, 정확히는 중국적인 사고 아니에요? 여긴, 유럽이잖아."

"정확히 유럽이라고 말하기도 그렇지요. 터키와 그리스는 서양도 동양도 아닌 거니까요."

"아, 그래서 아직도 모계 사회가 뿌리 깊은 것인가요? 대가족이 유지되는 이유가 그런 거였어요?"

P는 머나먼 곳에 떨어져 있는 자신의 근거를 떠올려보았다. 우리가 가진 가족의 개념은 결국 타인에 대한 배려이고, 그것이 사회를 구성하는 근간 이라고 생각해보면 지금 우리의 상황은 난감하기 그지없었다. 우리가 살고 있는 지대는 어떤 곳인가, 우리의 미래는 어딜 향해 가고 있는가, 생각하면 더욱 암담해지곤 했다. 여행이 마무리되어가는 즈음, 돌아가야 할 곳을 생 각하면 그는 자기도 모르는 새 자연스럽게 머리를 설레설레 흔들었다.

그의 그리스 여행은 이번이 두번째였다. 처음 여행에서도 두 달을 지냈고, 이번에도 두 달째 체류하는 중이니, 넉 달 동안의 생활은 완벽하다고 말할 수는 없으나 이 나라에 대한 감과 느낌은 충만하다고 할 수 있었다.

그리스는 역사적인 배경과 정치적인 충돌 같은 것에서 우리나라와 여 러모로 유사한 부분이 많은 나라다. 식민 통치와 독립을 위한 투쟁의 역 사가 그렇고, 쿠데타로 독재정권이 들어선 것이 그렇다. 군사독재정권을 물리친 시민들의 민주화 투쟁이 그렇고, 극심한 좌우의 대립으로 정치는 불안정하고 공무원들이 부정부패한 것도 비슷하다. 그러다 결국 방만한 국가재정 운영으로 국가채무불이행 사태가 나고 금융제재 안에 놓여 있 는 상황까지 우리가 겪어왔거나 진행중인, 또 극복했다고 믿는 어떤 것까 지 닮아 있는 부분이 적지 않다. 게다가 유럽에서 주당 노동 시간이 가장 길고 시급이 적은 것까지 우리와 닮았다. 그곳과 비슷하다.

역사는 그런 의미에서 시차를 두고 반복되는 것이다. 특히나 자본의 논 리 안에서 행해지는 사회적, 정치적, 경제적인 다양한 폐해는 이제 지엽 적인 것을 벗어나 전 지구적 문제에 직면한 지 오래다.

　P는 비슷하게 반복되는 역사적 상황 안에서 두 나라가 어떤 상이한 점들을 가지고 있는지 보고 있었다. 멀리 떨어져 떠나온 곳을 바라보는 일은 때로 너무 객관적이어서 자괴감이 들 때가 많다. 그래서 그런 점을 느끼고 눈치채는 것은 시간이 지날수록 꽤 유쾌하지 않은 일이 되어버리곤 했다. 밖에서 볼 때 자신이 살고 있는 우리의 땅은 유럽에서 가장 힘들다는 그리스보다도 못한, 정말이지 세상의 끝 같은 느낌이 들었기 때문이다. 세상의 끝이 한국이다. 헬조선이라 불리는 우리의 땅을 그는 이젠 애써 부정할 생각마저 들지 않았다.

　우리가 왜 이렇게 되었나를 생각해보면 절망은 더욱 깊어졌다. 현재 나쁜 상황들의 원인을 보면, 우리의 맨 처음이 어떻게 잘못되었는지 보면 상황은 더더욱 절망스럽기만 하다. 그리스가 직면한 문제의 근원에서 우리의 문제가 보일지 모른다.

　P는 많은 것 중에 가장 시급한 두 개의 문제를 떠올렸다. 한국의 문제가 아니라 그리스의 문제라고 생각해보면 좀더 막 나갈 수도 있을 것 같았다.

　하나는 부자들만 돈이 있다는 것이다. 좋은 직업도, 값비싼 집도 그들만 가졌다. 기업(재벌)에만 돈이 있다. 균형적인 분배는 상상할 수도 없다. 소수의 그들은 상대적으로 세금을 덜 내고 세금 혜택도 많지만, 다수의 가난한 서민들과 젊은이들은 상대적으로 세금을 더 낸다. 부의 독점은 시장 지옥을 만들어간다. 뜯어먹을 시장(서민, 젊은이)은 한정되어 있으니 점점 더 악랄해진다. 경쟁을 부추긴다. 경쟁에서 이긴 단 한 사람에게 상을 준다. 그 단 한 자리를 위해 모두가 달린다. 그사이 그들은 우리가 빼앗긴 것을 잊게 만든다.

P는 거기까지 생각하다가 그래서 우리는 고아가 많은가, 잠시 생각을 멈추었다. 그러니까 가족 안에서도 누군가가 작은 시장을 만들었고, 경쟁하게 만들었다. 어쨌든 고른 분배가 없다는 것은 가족 안에서도 누군가는 굶어 죽게 되어 있다는 말이다. 형제가 분가하면 남이 된다는 말은 실은 무서운 말이다. 우리의 가족은 해체되고 단출해졌다. 그리하여 이제 그 사회 최종의 형태소인 1인 가족의 시대다. 가족이 한 명뿐이니 경쟁은 더 많아질 수 있게 되었다. 시장이 많아진 것이다. 잘 생각해보면 혼자가 어떻게 가족일 수 있는가. 그들은 가족의 개념도 잊게 만들었다. 시장에 어긋나는 개념과 가치가 있다면 바꾸는 것도 그들의 수법이다.

어디선가(부자들과 그 추종자들) 그 프레임을 만들고 그 안에 우리를 가두고 있다는 생각을 지울 수 없다. 살아남아라. 살아남는 유일한 길은 프레임 안에서 성공하는 것, 경쟁에서 이겨 그 한 자리를 차지하는 것이다. 가족이라도 죽여라. 그래야만 당신이 살아남을 수 있다. 살아남기 힘들면 가장 힘없는 아이나 여자나 노인 같은 약자부터 죽여라. 어차피 사회보장은 되어 있지 않고 그런 프레임을 만들기 위해 안전한 사회도 만들지 않는 것이다.

그들이 원하는 세상이 그런 것이라면 우리도 바라는 세상이 있다. 우리에게도 방법은 있다. 프레임을 허문다면, 필요 없는 시장이 존재하지 않는다면, 모두가 고아가 없는 사회를 만든다면, 가족이 되어 서로를 부양한다면, 경쟁하지 않는다면, 부자들은 움찔할 것이다. 정부는 두려울 것이다. 이제까지 정부는 부자(기업)들의 것이었다는 것을 우리가 아는 게 싫을 것이다. 우리의 할 일은 이제 그런 것들을 차근차근 부수는 것이다.

　연관된 것이지만 두번째는 역사 청산이 우리를 옥죈다. 우리는 아직도 친일 반역자와 친미주의자가 지배하는 식민지에 살고 있으며 그들의 손아귀에서 역사가 자유로웠던 적이 없었다. 그들이 부자다, 결국엔. 지옥 프레임을 만들어가는 자들이 그들이다. 그들은 애초부터 부자였고, 우리를 시장 프레임에 가두어놓은 사람들이다.

　P가 목격한 그리스도 다를 것 없었다. 우리가 가진 이러한 문제를 그리스인들도 고스란히 안고 있다. 하지만 다른 게 하나 있었는데, P는 그것이 부러워서, 나중엔 서러워서 눈물이 다 날 지경이었다. 그것은 가난하지만 버리지 않는 게 있었으니, 바로 인간에 대한 철학과 기본적 권리에 대한 보장이다. 그래서 그리스는 동양이 아니라고 그는 생각했다. 서양(유럽)이 만들어낸 인간의 가치 존중과 존엄함에 대한 보장이 이들에게도 있었던 것이다. 우리에게는 없는 것 말이다. 고아가 없다는 말은 그런 것이다. 아이가 부모를 잃어도 누군가는 키워줄 먼 친척(사회)이 필히 존재한다는 말이다―그들이 난민들에게 아직까지 관대한 이유일지도 모른다. 아픈 사람은 무료로 치료받을 권리가 누구에게나 있고, 국가와 사회는 그것을 보장하며, 일자리를 얻지 못해 고생하는 청년들에게 줄어들었지만 실효적인 수당이 지급되고, 직업을 알선하며, 노인들에게는 넘치지는 않지만 부족함이 없는 연금을 지급하고, 유치원부터 대학원까지 공부하고 싶은 사람은 무료로 배울 수 있는 권리를 보장하는 기본권이 그들에겐 여전히 존재한다. 그들은 가난해도 그것을 버리지 않았다. 우리가 갖지 못한 것, 그들과 다른 점은 그것뿐이다. 우리들이 부자들의 정부에서 얻어내야만 하는 것은 그런 것이다.

그리스는 여전히 가난하고 어렵다. 하지만 그들은 여유롭다―여름 3주 휴가가 시작되었고 아테네는 텅 비어버렸다. 가난한 것 빼고는 불편한 게 없기 때문이다. 우리가 국가채무불이행의 상황을 진짜 극복한 것인지 곰곰 생각해보자. IMF 이후에 기업들은 비정규직을 합법적으로 양산해내기 시작했고, 노동 탄압은 IMF 극복이라는 이유로 공공연해졌다. 각종 생활 공공요금과 집값을 포함한 물가 상승을 정부가 유도했다. 그들에겐 오로지 새로운 시장만 필요하다. 우리만의 희생과 고통으로 한 고비를 넘겼다. 우리는 잘못한 게 없는데, 다시 우리의 잘못처럼 여전히 또다른 희생을 강요받는다.

P는 경제적으로 망해가는 나라에서 그것들을 극복했다는 나라를 바라본다. 어느 곳이 살아남았는가. 그런데 이상하게도 이곳의 사람들에게 그는 자신 있게 우리는 뭔가를 극복했다고 말할 수 없었다. 그는 여전히 활기 넘치는 한 카페에 앉아 팍팍한 삶 속에서도 여유를 찾는 사람들을 바라보며 자신에게 부족한 게 무엇인지, 왜 자신과 자신이 속한 사회와 국가는 그 모양 그 꼴인지 불평만 늘어놓고 있다. 아마도 다시 돌아갈 날이 다가와서 그런지, 그 안에서 매 순간 마주쳐야만 하는 경쟁과 불안의 연속에 익숙해지지 못하면 어쩌나 하는 걱정을 부러운 눈으로 억지로 밀어내며, 그저 그리스에 살고 있는 한국인 안내인에게 절대로 한국으로 돌아오지 말라는 말만 반복하고 있었다.

요즘 중국어를 배우고 있어요

한국인 P는 여행을 다니며 끔찍하게 싫은 게 한 가지 있었다. 그것은 바로 자신이 중국 사람으로 오해받는 것이다. 한국인들이 흔히 가지고 있는 중국인에 대한 편견에서 나온 것이 분명했지만 생각은 잘 고쳐지지 않았다. 그것은 여러 번의 경험으로 만들어진 것이어서 더 완고한 것인지도 모른다. 외국 출장이 잦은 P는 어디든 중국인들과 섞여 있는 것을 끔찍하게 싫어해서 중국인들이 식당에 있거나 단체 관광객이라도 만나게 되면 그들을 피해 멀리 돌아가곤 했다. 그것은 중국인들이 싫어서라기보다 서양인들이 중국인을 바라보는 시선 때문이었다. 자신을 바라보는 시선 때문이었다. 그는 중국인으로 보이지 않기 위해 노력했다. 그것은 나쁘고 이상한 중국인에 대한 편견이기도 했지만 이유 있는 편견이기도 했기 때문에 언제나 난감한 일이었다. 문제는 중국인에 대한 편견을 서양도 가지고 있다는 것이다. 그것을 알기에 P는 더더욱 기를 쓰고 중국인과 자신을 분리하려 했다.

P가 좋아했던 여행지가 몇 곳 있다. 여러 번 들러도 시간이 지나면 다시 가고 싶어지는 그런 곳이었다. 다시 가보면, 그의 기억 속에 있던 곳과 달리 그곳은 언제나 새로웠다. 모든 여행은 새로웠다. 그중 한곳이 캄보디아 시엠립의 앙코르와트였다. 이십대 시절, 직항이 없던 때부터 그는 중년이 될 때까지 줄기차게 그곳에 틈만 나면 다녀오곤 했다. 5년에 한 번은 여행을 가던 그곳에 발길을 끊은 것도 중국인들 때문이었다. 아니, 중국인과 한국인들 때문이었다. 아니, 더 정확히 말하자면 단체 관광객 때문이었다.

그가 처음 캄보디아에 뻔질나게 발을 디딜 때만 해도 그곳으로 여행 오는 동양인은 개별적으로 온 일본인이 대부분이었다. 한국인과 중국인의 공통점은 여행지가 소문이 나기 시작하면 대형으로, 단체로, 떼로 몰려든다는 것이다. 앙코르와트가 대표적이다.

그가 다시 앙코르와트에 오지 말아야겠다고 마음먹은 일화가 있다. 그는 오래된 사원 안에 홀로 오랫동안 앉아 있는 것을 좋아했는데, 그 백미는 고요히 선셋sunset을 즐기는 것이었다. 여러 뷰포인트가 있지만 앙코르와트 본사원에서 바라보는 석양은 말로 표현할 수 없는 벅참을 항상 그에게 안겨주곤 했다. 첫 기억이 좋아서 더 그랬을 것이다. 사람들은 서로 방해되지 않는 거리를 두고 떨어져 앉아 밀림 안으로 떨어지는 붉은 태양을 조용히 바라보며 많은 것들을 돌아보곤 했다. 고요한 풍경에 변화가 생긴 것은 단체 관광객이 들어오고부터였다. 다섯번째 방문이었을 것이다. 언제나처럼 그는 해가 지기 두 시간 전쯤 본사원에 올라 자리를 잡고 석양을 기다리며 한가로이 책을 읽고 있었다. 그런데 선셋이 시작되자 어디선가 어마어마한 사람들이 몰려오기 시작했다. 본사원 꼭대기에 오르려면 탑 안의 좁은 계단을 통해야 했지만 깃발을 든 동양의 단체 관광객이 탑 전체에서 기어오르고 있었다. 각자 한마디씩 내는 소리들이 굉음처럼 들렸다. 그는 그 광경이 좀 기이해 보였다. 사람들의 마음은 급했고 고요함은 깨졌으며 무엇보다 석양을 뒤로하고 사진을 찍느라 본사원 꼭대기는 북새통이었다. 일어서지 않으면 석양을 볼 수도 없었다. 그것은 즐기는 것이 아니라 정말이지 구경하는 일이었다. 삽시간에 선셋을 기다리던 많은 사람은 동양인 단체 관광객에게 뷰를 빼앗기고 설자리를 잃고 말았다.

그도 마음이 상해서 중국인 단체 관광객을 속으로 욕하고 있었는데 어디선가 한국말이 들려왔다.

"영자야, 해 진다. 얼른 어두워지기 전에 내려가자."

"사진 다 찍었으면 얼른 내려가."

"김씨 아저씨, 떨어지는 해를 손으로 받칠 테니 사진 찍어주세요."

순식간에 몰아치는 한국말이 그를 더 외롭게 만들었다. 그는 이상하게 스스로에게 창피한 생각마저 들었다. 그뒤, 그는 앙코르와트에 더이상 가지 않았다.

P는 요즘 그리스에 푹 빠져 있다. 두번째 방문이고 4년 만이었다. 첫 여행은 겨울이었는데 한가롭고 고즈넉한 풍경에 그는 마음을 빼앗겼다. 두번째 여행은 첫번째와는 달랐다. 여름휴가 시즌이었고, 유럽에서도 인기 높은 곳이어서 아테네는 아침부터 밤늦도록 여행 온 사람들로 북적였다. 그는 크레타, 미코노스, 산토리니 등 섬에도 다녀왔는데, 푸른 바다를 녹

일 것 같은 강렬한 태양과 매력적인 해변, 그곳을 즐기는 사람들의 모습에 흠뻑 젖었다. 여행중의 여행은 아름다웠다.

한데 어딜 가나 동양인이 드물었다. 이상한 일이었다. 어디를 가든 북적이던 중국인들의 모습도 보이지 않았다. 아마 아직 소문이 덜 났거나 거리상으로 쉽게 올 수 있는 곳이 아니어서 그런가 싶었다. 정확히 얘기하자면 깃발을 든 중국인 단체 관광객이 없었다. 중국인들도 여행의 풍토가 바뀌고 있는 것 같았다. 그럼에도 중국인들을 심심치 않게 볼 수 있었는데 그들은 모두 개별 여행자였다. 연인과 가족들과 함께 온 사람들이 대부분이었다. P가 여행에서 마주친 한국인들은 극히 드물었다. 그것은 많은 것을 의미했다. 그리스에서 만난 한국인들에게는 경제적인 상황의 여유가 느껴졌기 때문이다.

P는 그간 가졌던 중국인 여행객들에 대한 생각을 바꾸었다. 한 식당에서 그는 깨달았다. 한국인이 중국인보다 더 대단하지 않을뿐더러, 다만 어떤 서양 예의에 벗어난 무례함이 싫었던 것뿐이었지만, 어쨌든 이런저런 생각 모두를 한번에 바꾸게 되었다. 오랫동안 가지고 있었던 편견을 송두리째 버릴 수밖에 없었다.

P는 섬 여행에 동행한 한국인 안내인 남자와 함께 산토리니 섬 이아 마을에서 바다가 한눈에 들어오는 곳에 앉아 점심을 먹으며 아름다운 풍경을 즐기고 있었다. 10개쯤 되는 테이블에 P와 안내인을 포함해서 세 곳의 테이블에 동양인이 앉아 있었다. 나머지 테이블은 모두 서양인이었다. 그를 뺀 나머지 두 테이블엔 각각 가족으로 보이는 중국인들이 앉아서 식사를 하고 있었는데, 그 두 가족의 모습이 퍽 대조적이었다.

한 테이블의 중국인 가족은 이십대로 보이는 딸 둘과 중년의 부부가, 나머지 테이블엔 중장년의 남성, 노년의 여인, 다섯 살쯤 되어 보이는 남자 아이와 엄마―P는 이 가족의 구성을 보며 어린아이의 아버지가 중장년의 남성인지, 혹은 노년의 여인 남편이 그인지에 대한 추측으로 쓸데없는 시간을 보내고 있었다―이렇게 식사를 하고 있었다. 두 딸을 포함한 가족은 한눈에 보아도 중국의 신흥 부자인 것을 알 수 있었다. 이십대의 두 딸은 모두 그리스 여인의 전통복장―우리가 올림픽 성화 체화를 할 때 보았던 가슴이 깊게 팬 옷―을 하고 있었고 아버지는 금으로 온몸을 치장한 것처럼 눈부셨다. 아내는 고급스러운 명품 백을 들고 세련된 옷을 걸치고 있었다. 아버지가 차고 있는 황금색의 시계, 걸고 있는 황금 목걸이가 강렬한 햇빛을 받아 눈부셨다. 그들의 옷차림이 퍽 세련되어서 혹시 홍콩 사람인가 하는 생각을 잠시 했다. 화려한 차림새의 가족과는 달리 다른 중국인 가족의 모습은 정말이지 초라하기 그지없었다. 그들의 차림새를 보며 사십대 후반인 P의 어린 시절, 1970년대를 다시 보는 듯한 착각이 일었다. 옷은 남루했고 신발은 해지고 때가 잔뜩 낀, 어떤 고단함이 잔뜩 묻어 있었다. 아이부터 젊은 엄마, 중장년의 남자와 여자 할 것 없이 모습이 초라했다.

"여기 웨이터들도 중국인들 얘기를 하고 있어요."

안내인이 나직하게 얘기했다. 중국인들은 식당 안에서 자신들을 뺀 모두의 관심을 받고 있는 것이 분명했다.

"아마, 이곳까지 전세기를 타고 왔을 거라고 농담하네요."

"그나저나 중국말로 된 메뉴판은 있는데 한국말은 왜 없는 거야?"

P는 메뉴판을 훑어보며 볼멘소리를 했다.

"여행지에서는 돈을 쓰는 사람이 왕이잖아요. 그건 중국인들이 이들에게 어떤 존재인지 알려주는 거예요."

식사를 마치고 나가는 화려한 차림새의 중국인 가족을 P는 한 명씩 꼼꼼하게 훑어보았다.

"저들은 우리 부자들과도 달라요. 부자의 개념이 다르죠. 우리의 부자는 부자도 아니에요."

P는 고개를 끄덕였다.

"그래도 반면에 저런 가족들도 있잖아."

P가 남루한 가족들을 턱으로 넌지시 가리켰다.

"하하하하. 선생님은 아직 잘 모르시는군요. 아마, 저들이 방금 나간 그들보다 더 돈이 많을걸요."

P가 무슨 말이냐는 듯 눈으로 물었다.

"아까 웨이터들이 한 농담은 화려한 차림새의 가족들 얘기가 아니었어요. 바로 남루한 저들을 두고 한 말이에요. 진짜 중국인 부자는 저렇대요. 자기의 고집이 있는 거죠. 보이는 모습은 상관하지 않고 말이에요. 저 꼬마가 가지고 놀고 있는 거 보이세요?"

P가 난간에 매달려 바다 쪽을 향해 아무렇게나 사진을 찍고 있는 꼬마애를 바라보았다.

"뭘 말하는 거야? 카메라 말하는 거야?"

"네. 저게 그냥 카메라 아니에요. 전문가들도 비싸서 입맛만 다시는 고가라구요. 렌즈 포함하면 아마 천만 원은 훌쩍 넘을걸요."

　P가 놀란 듯 남루한 가족들을 찬찬히 바라보았다.

　"저들은 오래전부터 보이는 모습이 다가 아니라는 자신감을 가지고 있어요. 이곳도 곧 중국인들의 손에 넘어가리란 걸 모두 알고 있어요. 이젠 세상의 어디든 돈만큼 영향력이 큰 것은 없거든요. 중국인들이 아무리 시끄럽고 모습이 초라하고 남루해도 돈 있는 그들의 취향에 맞출 수밖에 없어요. 우리 제주도처럼 그들이 이곳도 마음에 들어 한다면 자기 식대로 바꾸는 날이 머지않아 올 겁니다. 그럼, 이아 마을의 집, 하얀색 집에 파란 지붕의 색깔이 바뀔지도 모르지요. 빨간색으로 말이에요. 하하하하."

　P는 안내인이 하는 말이 그냥 농담처럼만 들리지 않았다. 언제나 어느 순간에도 당당했던 그들의 자신감에 대해 골똘해졌다.

　"요즘 중국어를 배우고 있어요."

　P가 가만히 고개를 끄덕였다. 이러저런 생각을 하며 이아 마을을 둘러보는데 식당에서 보았던 화려한 차림의 가족들과 다시 마주쳤다. 앉아 있을 땐 몰랐는데 두 딸이 입은 그리스 여인의 전통옷의 치마 기장이 너무 길어서 바닥을 쓸고 다녔다. 그는 피식 웃었다.

　"저들은 부자고요. 아까 그들은 진짜 부자일 거예요."

　P는 새삼 돈이 무섭다고 느껴졌다. 이상하게도 아테네로 돌아온 뒤에도 가끔 마주치는 중국인들을 보면 산토리니에서 보았던 그들이 자연스럽게 떠올랐다. 그러다보니 예전에 그가 가졌던 생각들은 어느새 저만치 물러나 있었다. 이상한 일이었다. 돈이 있다고 무례함이나 시끄러움이 사라진 것은 아닌데, 이상하게도 그들을 이해하려 드는 자신을 아테네에 돌아와 발견하게 된 것이었다. 돈을 존중하고 돈 앞에서만 평등할 수 있는

무엇에 자신이 길들여진 것은 아닐까 곰곰이 생각했다.

그래서 그는 아테네에 돌아온 이후에 누군가 자신에게 중국인이냐고 물으면 굳이 부인하지 않았다. 그러면 화려한 차림새의 그 가족이 떠올랐다. 진짜 부자는 아닐지 몰라도 자기도 부자처럼 보일까, 스스로에게 묻곤 했다.

취업을 시켜드립니다

스물다섯의 김은 올해 지방에서 4년제 대학을 갓 졸업한 사회 초년생이다. 물론 취업은 되지 않았다. 입사 원서를 150군데나 지원했지만 그에게 연락이 온 곳은 없었다. 그를 비롯해 같이 졸업한 동기 40여 명의 상황도 비슷했다. 대학 때부터 해오던 아르바이트를 계속하는 경우가 대부분이었다. 다만 학교를 다니면서 하던 주말 아르바이트를 평일에도 하고, 주말에 쉬던 아르바이트를 늘린 것 말고는 변화된 일상은 없었다. 졸업생 누구도 미래에 대한 어떤 기대를 품은 이 적었다. 어떤 계획을 세우고 준비를 한다고 해서 자신들이 원하는 미래가 온다고 믿는 사람은 없었다. 취업준비생이라는 이름으로 대학 때와 비슷한 시간이 연장되는 것뿐이었다. 몇몇은 공무원 시험 준비에 나서기도 했으나 불확실한 미래를 더욱 불안하게 만드는 일일 뿐이었다.

그러던 중 김에게 낭보가 날아들었다. 이번 졸업생들 중 유일하게 취업이 이루어진 것이다. 그를 아는 친구들은 어떻게 그에게 이런 행운이 온 것인지 이해하지 못하겠다는 반응들이었다. 김에겐 다른 꿈이 있었고 그 맨 처음이 실현되는 것 같아서 뛸 듯이 기뻤다.

　김은 옥타okta(세계한인무역협회)를 통해 한국 정부가 추진중인 청년 실업 문제 해결을 위한 해외 취업 알선 프로그램에 합격했다. 그래서 그리스 아테네의 한 한인이 운영하는 무역회사에 인턴사원으로 취직을 하게 되었다. 3개월의 인턴 실습 후에 정직원으로의 전환이 가능한 기회였다. 3개월 동안의 인턴 실습 임금을 정부가 지원하며 이후 정직원 채용 전환을 유도하는 프로그램이었다. 청년 실업난을 해소하기 위해 청년들의 해외 취업 알선을 위한 한국 정부의 야심찬 계획의 일환이었다. 달라진 그리스의 이민 정책으로, 인턴 실습 이후 정직원이 되고 정기적인 임금이 보장된다면 영주권을 획득할 기회도 주어진다.

　지긋지긋한 한국을 떠나 새로운 세계에서 새 출발할 기회가 생긴다는 것에 김은 꿈에 부풀었다. 그리스가 국가부도사태에다 상황이 여의치 않다는 것을 잘 알고 있었지만, 그마저도 오히려 큰 기회라고 그는 여겼다. 무엇보다 한국의 IMF 상황을 온몸으로 뚫고 자라온 세대인 김은 그런 국가 상황이 개인에게 어떤 영향을 미친다는 것을 잘 알고 있던 터였고, 자신이 그런 상황에 오히려 잘 훈련된 사람이라는 자부심마저 있었다.

　프로그램 참여가 확정되고 나자 일은 일사천리로 진행되었다. 정확히 무슨 일을 하는지는 알지 못했지만 그쪽의 상황이 다급한 모양이었다. 회사 사장에게서 직접 전화가 걸려온 것은 옥타에서 합격 소식을 받은 날 새벽이었다. 너무나 기뻐서 친한 동기 몇과 밤늦게까지 축하 파티를 열고

막 들어와 잠자리에 들었던 터였다. 기대감에 쉽게 잠들지 못하다 겨우 눈을 붙이자마자 한 메신저 무료 전화가 연속해서 여러 번 울렸다. 한 번도 사용해보지 않았던 터라 받지 않았는데, 계속해서 전화가 걸려와서 이상한 마음에 김은 전화를 받았다.

"여기 아텐스의 코리아하우스야. 자네 김군 맞지?"

"아텐스라구요? 아, 아테네요. 네에, 네에 맞습니다."

"축하하네. 그런데 여기 상황이 급해서 말이야. 자네, 다음주에 들어올 수 있나?"

"다음주요? 아, 그렇게나 빨리요? ……그게, 준비할 게 많아서 너무 촉박할 거 같은데요."

김은 난감했다. 앞으로 평생 살게 될지도 모를 그곳 인생의 새로운 설계를 하기엔 너무 촉박한 시간이었다.

"그냥 비행기만 끊어서 오라구. 내가 협회에는 얘기를 해놓았으니까, 비행기는 빨리 구할 수 있을 거야. 필요한 건 여기 다 있구. 일단 3개월만 있을 거란 생각으로 들어오라구. 인턴 끝난 이후에 체류 결정되면 여유 시간 있을 거야. 필요한 것들은 우편으로 받아도 되고 말이야. 그러니 다음주 월요일까진 들어와야 해."

"월요일요? 그럼, 3일밖에 시간이 없는데……"

"아무 걱정 하지 말고 오기나 하라구."

"그런데 정확히 무슨 일을 하는 겁니까?"

"그건 와보면 알게 되는 거구. 사지 멀쩡하지? 그렇게 힘들고 큰일은 아니야. 그리스에서 살 수 있는지 실습하는 기간이라고 여기면 돼."

"아, 네에."

"하여튼 빨리 서둘러야 해. 우리 시간 없다구. 알지? 못 와서 안달난 친구들 많은 거. 우린 누가 와도 상관없어. 기다릴 시간도 없고 말이야."

"네, 알겠습니다. 빨리 준비해서 월요일엔 들어가도록 하겠습니다."

사장의 요구대로 월요일에 도착하기 위해 그는 정신없는 시간을 보냈다. 친구나 가족과 송별회 같은 것도 생략한 채 그는 쫓기듯 그리스로 향했다.

도착해서 마주한 그리스의 햇빛과 풍경은 감동적이었다. 습한 여름을 가진 한국과는 모든 게 다른 여름이었다. 그는 공항버스를 타고 사장이 메신저로 알려준 곳을 찾아가는 동안 마주한 풍경에 들떴다. 모든 게 상상한 것 이상이었다. 여름휴가 시즌을 맞이해 아테네는 도시 전체가 들떠 있었고, 그는 자기가 찾는 어떤 이상적인 풍경 안에 있는 것 같아서 행복했다. 어렵게 그는 사장이 일러준 곳을 찾아갔다. 그곳은 한인 게스트하우스였다.

도착하자마자 만 하루도 쉬지 못한 채 그는 바로 근무에 들어갔다. 도착한 날부터 임금이 계산되기 때문이라고 했다. 사장은 오고가는 이틀치의 근무 날까지 임금에 잡히는 것이 불만인 모양이었다. 짐을 풀기도 전에 이 육십대의 한국 남자는 김을 앉혀놓고 앞으로 그가 해야 할 일을 조목조목 일러주었다.

"네가 일할 곳이 여기야. 따로 숙소 구한 거 아니지? 여기서 지내도 좋고 다른 곳에 방을 구해도 상관없지만 여기서 지내려면 똑같이 숙박료를 내야 해. 물론 밥을 먹으면 밥값도 내야 하고."

"제가 일할 곳이 게스트하우스라고요? 그런 말은 듣지 못했는데요. 일할 곳이 한인무역회사라고 들었습니다."

"같은 회사야. 회사에서 게스트하우스도 운영하는 것이니 그게 그거라고. 그나저나 어쩔 건가. 여기서 지낼 텐가, 다른 곳에 방을 구할 텐가?"

"당장 어디에 방을……"

"그럼, 여기에서 지내. 다른 곳에 돈 쓰지 말고. 내가 너에게 도움을 주는 것처럼 너도 우리에게 도움이 되면 좋잖아."

"방값이 얼마예요?"

"한 달에 먹고 자고 90만 원이야."

"유로로요?"

"아니야, 한국 계좌로 송금하면 돼."

김은 머리가 멍해졌다. 지낼 곳과 먹는 것 문제를 고민해보지 않은 것은 아니었지만 막연하게나마 회사에서 배려가 있든지, 어떻게 되겠지 하는 심정이었는데, 생각보다 받는 임금에 비해 지출이 커서 당황스러웠다. 그가 받게 될 인턴 기간 월급은 한국 원화로 한 달에 150만 원 남짓이었다.

"여길 쓰면 되는 건가요?"

"독방을 쓰면 30만 원을 더 내야 해. 90만 원을 내면 3인실을 써야 돼. 여기가 게스트하우스잖아. 영업집이라는 걸 잊으면 안 돼. 밖에서 생활한다면 아침 여덟시에 출근해야 하고 밤 열시에 퇴근해야 해. 자, 어떻게 할 건가?"

그는 잠시 망설였다. 150만 원 중에 120만 원을 숙식비로 지출하는 게 쉽지 않아서 그는 3인실을 사용하기로 했다.

"제가 해야 할 일은 뭔가요?"

"굉장히 단순한 일이야. 그냥 이곳에 적응하는 데 필요한 소일거리지. 가장 중요한 것은 손님들이 사용한 방을 청소하는 거야. 식사 시간이 되면 상을 차리고, 손님들에게 각종 편의를 제공하는 거지. 일단 한 달은 이곳에서 일을 하고 다음달부터 무역회사로 자리를 옮길 수도 있어. 일단 내일부터 바로 시작해야 하니 오늘은 푹 쉬라구."

김은 모든 게 막막해졌다. 뭔가에 홀려서 빠져나갈 수 없는 미로에 갇힌 기분이 들었다. 모든 게 기대했던 바와 어긋나는 것 같아 심란했지만 쉬운 일은 없는 것이라고 마음을 다잡았다. 급하게 짐을 챙겨오느라 빠뜨린 게 한두 가지가 아니었다. 그에게 주어진 3일, 준비할 서류가 많아서 그는 생필품 같은 것은 챙길 여유가 없었다. 게스트하우스는 손님이 없는지 조용했다. 그는 앞으로 살 집을 구경할 셈으로 노크를 하고 하나하나 방문을 열어보았다. 방마다 간이침대와 작은 화장대가 전부였다. 집은 낡았고 방들은 단출했다. 이곳저곳 둘러보니 잠겨 있는 방이 하나 있었다. 그는 대수롭지 않게 돌아섰는데 갑자기 뒤에서 벌컥 문이 열렸다.

"무슨 일이에요?"

"아닙니다. 그냥 이곳저곳 둘러보는 중이었어요."

"아, 내 후임으로 온 사람이죠?"

"혹시 옥타를 통해 오셨어요?"

김과 비슷한 또래의 여자가 소리 내어 웃었다. 그녀가 잠깐 들어오라는 듯이 손짓을 하며 방문을 활짝 열었다. 방안을 보니 짐을 싸고 있었는지

어수선했다.

"저는 내일 돌아가요. 근데 뭘 잘 알고 오긴 한 거예요? 하긴 나도 그렇게 와서 3개월을 버텼으니."

"왜요? 무슨 문제가 있어요?"

"없다면 없죠. 아무 문제."

김이 걱정스러운 눈으로 그녀를 바라보자 그녀는 시선을 피했다.

"모르는 게 나을 수도 있고. 하여튼 어떤 마음으로 왔는지 짐작할 수 있는데, 모든 게 다 다르다는 것만 알아두세요."

"자세하게 얘기해주세요. 안 그래도 오자마자 걱정이 많아졌어요."

"먼저 여기에 계속 남을 수 있다는 생각을 버리세요. 사장은 애초에 그럴 마음도 없고 그럴 수 있는 사람도 아니에요. 무역회사 같은 건 없어요. 그냥 이 게스트하우스 청소나 허드렛일을 시키려고 우릴 부른 거라구요. 문제는 간단해요. 나라에서 3개월 임금 지원 받고, 일은 일대로 시켜먹고, 숙식비 챙기고, 3개월 후엔 돌려보낸 뒤 새로운 애들을 받아요. 한국에서 취직에 목맨 청년들을 꼬드기는 거죠. 해외 취업 어쩌고저쩌고하면서 말이에요. 어차피 국가에서 그러라고 만든 프로그램이니까. 문제가 있다면 국가에 있는 거죠."

"그러면 여행 왔다고 생각하는 게 낫겠어요."

"쉬는 날이 고작해야 12일이에요. 그것도 일주일에 하루예요. 여행 같은 건 꿈도 못 꿔요. 무엇보다 돌아다니면 돈이 들고 쉬면 돈을 내야 하니까."

"그냥 있다보면 좋은 기회가 생기지 않을까요?"

그녀가 큰 소리로 웃으며 고개를 설레설레 흔들었다.

"그런 기회는 없을 거예요. 애초에 그런 기회가 없는 걸 모두 알고 시작한 지원 사업이니까. 국가가 나서서 한국 사람이 한국 사람 그냥 등쳐먹으라고 만든 사업이에요. 그게 진실의 전부죠."

"몰랐어요. 그럼, 저도 그냥 돌아가는 게 낫겠어요."

여자가 다시 큰 소리로 웃었다.

"급하게 왔죠? 이 사람들이 노리는 거예요. 쉽게 상황 판단을 못하게 정신없게 만든 거예요. 그냥 돌아가게 되면 들어간 체류 비용, 항공비 같은 것을 옥타에 반납해야 해요. 저도 그것 때문에 그냥 3개월을 버텼어요. 또 사업자가 신고해서 문제가 생겨 돌아가더라도 마찬가지예요."

"그럼, 전 어쩌죠?"

여자가 어깨를 으쓱했다.

"방법이 없어요. 그냥, 시간을 허비하는 수밖에. 국가가 우리에게 준 선물이에요."

김은 그리스에 도착하자마자 내일 돌아간다는 그녀가 부러웠다. 이런저런 걱정에 그는 뜬눈으로 아테네에서의 첫날밤을 보냈다. 이른 아침이 되자 어제 보았던 강렬한 햇빛은 여전했다. 그나마 그게 위안 삼을 수 있는 전부였다.

한국 식당이 막고 있다

한국인 최씨는 전기 엔지니어로 회사에서 발령을 받아 그리스 지사에 왔다. 석 달 예정으로 왔는데 작업이 더뎌서 한 달이 연장되었다. 그가 일한 곳은 테살로니키의 북쪽에 위치한 키르키스Κιλκίς, 더 북쪽인 마케도니아, 불가리아와 국경을 마주하고 있는 산간 깊은 곳이었다.

이제 지난한 일정이 마무리되어가는 중이다. 중간에 3개월 무비자 기간 연장을 위해 불가리아에 하루 다녀온 것을 빼곤 그간 쉬는 날이 거의 없었다. 그럼에도 체력적으로 괜찮다고 여긴 이유는 그리스에 와서 먹은 음식 때문이라고 그는 굳게 믿고 있었다. 그리스에서 먹은 음식은 마치 새로운 세계로의 진입 같은 느낌이 들었다. 풍부한 재료와 올리브의 매력에 최씨는 완전히 매료되었다. 음식이 입맛에 맞지 않을까 했던 우려는 금세 사라져버렸다. 그는 잘 먹고 잘 지냈다.

봄에 그리스에 와서 무더운 여름을 온전히 났다. 초반에 최씨는 매일 고기를 그렇게 많이 먹는데 체중이 주는 이유가 심상치 않게 생각됐다. 혹시 무슨 병에라도 걸린 게 아닌지 걱정이 들었다. 아픈 곳도 없는데 살이 계속 빠지니 이상한 생각이 든 것이다.

"이봐요, 김부장. 나 이렇게 잘 먹는데 계속 체중이 빠져. 무슨 병에 걸린 게 아닐까?"

올해로 그리스 지사에서 근무한 지 4년째인 김부장에게 그는 틈만 나면 묻곤 했다.

"하하하. 최이사님, 그게 저도 처음에 와서 겪은 일인데요. 한국 음식이 짜고, 양념이 많이 들어가고, 탄수화물 위주로 먹어서 그런 거래요. 여기 음식은 조리에 양념이 거의 들어가지 않잖아요. 소금 약간?"

"그래서 그런가?"

"그래서 그런 걸 거예요. 나름 이곳 음식이 좀 건강식이잖아요. 요구르트, 치즈, 올리브유, 와인, 몸에 좋은 것들을 매일 먹으니까."

최씨는 믿지 못하겠다는 듯 고개를 갸우뚱했지만 김부장의 말이 맞는 듯 어느 정도가 되자 더이상 살이 빠지지 않았다.

최씨가 그리스에 와서 가장 놀랐던 것은 저렴한 식료품 가격이었다. 고기, 채소, 과일 같은 재료들이 굉장히 저렴해서 그는 터무니없는 욕심을 부리곤 했다. 특히 소고기는 돼지고기와 가격차가 없고 맛도 훌륭했다. 그래서 그는 매일 소고기를 먹었다. 그게 남는 장사라고 생각했다.

고단했던 작업이 3개월이 더 걸려 마무리되었고, 그는 한국으로 돌아가기 위해 아테네로 돌아왔다. 최씨의 소고기 사랑은 아테네에 돌아온 뒤에도 그칠 줄을 몰랐다. 그는 거의 매일 소고기와 신선한 야채를 식당에서 사 먹었다. 음식값도 그렇게 비싸지 않아서 그는 별 부담을 느끼지 못했다. 다만 가끔 참을 수 없이 밀려드는 한국 음식에 대한 그리움을 빼고는 그럭저럭 잘 지내왔다.

그는 남은 열흘 동안 유유자적하며 맛있는 음식도 먹고 쇼핑도 하며 지낼 예정이었다. 한데 집으로 돌아갈 생각을 하자 그간 고기 맛에 잊고 있었던 한국 음식이 그리워서 죽을 지경이었다.

"김부장, 웬만하면 돌아갈 때까지 참아보려 했는데 돌아갈 생각을 하니 그게 더 참기 힘들구만. 한국 음식 좀 먹으러 같이 가자구."

"그러게 저희 집에서 식사하시자고 그렇게 말씀드렸잖아요."

"아, 나 그건 싫다구, 정말. 민폐 되는 것 같아서 말이야. 내가 불편해서 그런 거니 이해주고, 그냥 나랑 함께 한국 음식점에만 가달라구."

"그게…… 네, 알겠어요."

둘은 다음날 만나서 시내의 유일한 한국 음식점에 갔다. 김부장의 만류에도 불구하고 다 먹지도 못할 음식을 시켰다. 막상 메뉴를 보니 먹고 싶은 게 너무 많아진 탓이었다. 그는 된장찌개, 김치찌개, 육개장, 불고기, 김밥 등을 주문했다.

"소주 안 하겠나? 한국 음식엔 역시 소주가 제일이지."

김부장은 떨떠름한 표정으로 고개만 끄덕일 뿐, 긍정도 부정도 하지 않았다.

"자네, 기분 안 좋은 일 있나? 왜 그래, 표정이?"

"아닙니다. 잘 오지 않는 곳이어서 그렇습니다."

"내가 한턱 낼 테니 걱정 말고 먹으라구."

"저야 매일 집에서 먹는 음식인데요, 뭘."

3개월여 만에 마주한 한국 음식을 보자 최씨는 이성을 잃고 허겁지겁 탐닉했다. 한국에서 먹는 맛에 비견할 수는 없었지만 그럭저럭 무난했다. 솔직히 기대했던 바와는 좀 달라 실망스러웠지만 오랜만에 먹는 거라 그는 자기 생각을 억지로 멀리 밀어냈다. 그는 남은 음식마저 모두 비우기 위해 소주를 한 병 더 시켰다. 만류하는 김부장의 말에 아랑곳하지 않고 그는 기어이 소주 한 병을 혼자 말끔히 비웠다.

"음식값은 회사 경비 처리도 안 될 거고 내가 낼 테니, 자네는 가만히 있어."

계산하려는 김부장을 최씨가 만류했다. 그런데 억지로 뺏어든 영수증을 보고 그는 좀 당황했다. 음식값이 생각했던 것보다도 너무 많이 나왔기 때문이다. 그는 메뉴판을 달라고 해서 꼼꼼하게 하나씩 체크를 했다. 김치찌개 18유로, 된장찌개 17유로, 육개장 17유로, 불고기 18유로, 김밥 15유로, 소주 두 병 30유로, 합 115유로가 나왔다. 그는 머릿속으로 원화로 계산을 했다. 찌개류가 2만 3천 원, 김밥이 2만 원, 소주가 한 병에 2만 원가량 되었다. 전체 금액은 15만 원 정도가 나왔다. 그는 갑자기 속에서 열 같은 게 올라왔다.

"아니, 음식량도 다른 레스토랑에 비해 그저 그런데 이거 너무한 거 아니에요?"

주인은 별 사람 다 보겠다는 표정이었다. 김부장이 뒤에서 최씨를 잡아 끌었다.

"아니, 다른 건 다 그렇다 치고 소주 한 병에 2만 원은 좀 과하잖소. 동포끼리 이건 아니잖아요."

　주인도 재료들을 한국에서 공수해오는 어려움 등 그리스 식당 메뉴와 비교해서 들어가는 원가를 자세하게 설명했지만 이미 최씨는 마음이 상할 대로 상한 뒤라 그의 말이 귀에 들어오지 않았다. 결국 실랑이를 말리던 김부장이 계산을 재빠르게 하고 식당 주인에게 공손하게 사과까지 하고 난 뒤에야 작은 소동은 마무리되었다.

　소주를 두 병 가까이 마신 최씨는 취기가 오른 상태여서 분이 풀리지 않는 모양이었다.

　"어떻게 이럴 수가 있어, 정말."

　"안 가면 그만이지요. 메뉴에 가격이 붙어 있고요."

　"그럼, 좀 말리지 그랬나."

　김부장이 멋쩍게 웃었다.

　"얼마 전까지 중국 상점에서 소주를 2유로에 팔았거든요. 그런데 이제 그곳에서도 소주를 안 팔아요."

　"아니 왜?"

　"그야 모르지요. 그런데 소문이 돌았어요. 사람들은 의심이 많으니까요."

　"무슨 소문?"

　"어떤 상점에서 소주를 2유로에 팔면 한국 식당에서 15유로를 받기 힘들지 않겠어요? 뭐, 그런 소문이죠."

　최씨는 집으로 향하는 길, 발이 무겁고 마음이 씁쓸해졌다. 소고기 등심이 1킬로그램에 10유로 정도니까, 1만 5천 원. 닭고기가 1킬로그램에 3유로 정도니까 4천 5백 원, 이런 계산을 하며 그리 고급스럽지도 화려하지도 않았던 한식의 초라함을 느끼며 집으로 향했다. 언젠가 대통령 영부인이 나서서 한식 세계화를 위해 돌아다니던 때가 떠올라 괜스레 짜증이 늘었다.

"한식 세계화? 한국 식당이 막고 있다, 이놈들아."

그는 김부장과 헤어진 뒤 한참 공원에 앉아 중얼거렸다. 4개월여, 그가 그리스에 와서 먹은 음식 중에 유일하게 불쾌하고 짜증나는 음식이었다. 그래서 그는 쉽게 집으로 들어갈 수가 없었다.

블랙곰 식당

명예퇴직자 S가 그리스에 여행 온 지 한 달이 지나고 있었다. 그간 그는 크레타, 미코노스, 산토리니 등 섬을 두루 돌아보고 북부 내륙의 고대 도시 여러 곳을 여행했다. 그는 요즘 여행 안의 여행을 마치고 숙소로 얻은 스튜디오 근처의 아파트 주변을 맴돌며 한가로이 소일거리를 하며 지냈다. 특별하게 궁금한 것도, 하고 싶은 일도 사라져가는 요즘이었다. 그의 유일한 관심거리는 무엇을 먹을 것인가 하는 것이었다. 한국에서 먹던 재료와 비슷한 것을 찾으면, 사다가 한식을 만들어보곤 했다. 안초비를 사다가 소금에 절여 김치를 담가보기도 했고, 얇은 스파게티 면을 이용해 콩국수를 만들어 먹기도 했다. 그렇지만 언제나 맛은 그저 그랬다. 한국으로 돌아가면 그만이었지만 그는 쓸모없고 쓸데없는 자존심으로 하루하루를 보내고 있었다. 잘 견디고 있고 좋은 여행을 하고 있다고 자위했다.

하지만 그는 늘 심심했다. 그리스에 온 뒤 계속 그랬다. 그리스는 여름

바캉스 시즌으로 유럽에서 몰려든 많은 관광객과 그리스인들의 휴가로 시내, 섬 할 것 없이 북적였고, S도 그들 중에 섞여 있었지만 언제나 혼자였다. 누구도 키 작은 이방인, 동양의 사내에게 관심을 주는 사람은 없었다. 섬을 여행하는 중에 보았던 아름다운 경관과 환상적인 해변도 그에게는 그저 그랬다. 무엇보다 그들 안에 섞일 수가 없었다. 인종을 차별하고 어떤 편견으로 그를 대하기 때문이 아니었다. 그런 일들이 전혀 없었던 것은 아니었으나, 그런 것은 중요한 게 아니었다. 가장 큰 문제는 그가 내내 철저하게 혼자였다는 것이다.

아테네에 돌아온 이후도 상황은 마찬가지였다. 남은 한 달여를 어떻게 견뎌내야 할지 그는 막막해졌다. 매일 번화한 시내 거리에 나가 앉아 있을 수도 없었고, 할 일 없이 이곳저곳을 돌아다니는 것도 한계가 있었다. 그리스가 가진 여행 관광 인프라는 더할 나위 없이 완벽하고 훌륭했으나 그는 외로웠다. 친구가 필요했다. 매일같이 시간을 나눌 수 없더라도 상관없었다. 하루에 몇 마디를 나눌 수 있고 반갑게 인사 나눌 수 있는 사람이 한 명만 있으면 좋겠다고 생각했다. 하지만 그 한 명이 아테네엔 없었다. 섬에는 더 없었다. 특히 중년을 확연히 지나고 있는 S에게 일행을 찾는 일이란 쉽지 않았다.

그래서 그 모든 서운함과 외로움을 잊기 위해 그는 먹는 것에 집착했다. 섬에서도 그랬고 돌아온 이후엔 더 심해졌다. 어차피 돌아다니지 않으면 특별히 들어갈 돈도 없었고, 숙소비는 이미 지출한 상태이니 자기가 가지고 있는 모든 돈을 먹는 데 써버릴 생각이었다. 그러다보니 오로지 먹는 것만이 그에게 위안을 주었다. 그리스의 식당 대부분은 음식 맛이 좋았다. 유명한 곳이든 동네의 작은 곳이든 식당은 어느 정도의 수준을 유지했다. 그는 먹고 또 먹었다. 집에선 혼자 한식을 해 먹으면서 마음을 달랬다. 살은 점점 불어났고 그는 그것이 자랑스럽기까지 했다. 특히 그가 반해버린 음식은 양고기였다. 한국에서는 흔하지 않은 재료여서 먹는 방법이나 요리가 익숙하지 않았는데, 그는 이곳에서 양고기 맛을 알아버렸다. 그는 하루에 한끼는 양고기로 된 요리를 먹었고 한끼는 한식으로 집에서 요리를 해 먹었다. 그리고 마지막 한끼는 밖에서 제대로 된, 그가 먹는 음식은 대부분 제대로 된 것이었지만 더 제대로 되고 비싼 저녁을 혼자서 사 먹었다.

그는 동네를 산책하며 들를 음식점을 점찍어놓고 순번을 매겨 들렀다. 한적한 주택가라고만 생각했는데 골목골목마다 아기자기하고 특색 넘치는 식당이 의외로 많았다. 그중에서도 여러 번 간 가게가 둘 있는데 한곳은 밤늦게까지 하는 카페 무시쿠Μυςικου라는 곳이었고 나머지 한곳은 블랙곰이라는 정통 레스토랑이었다. 특히 블랙곰의 음식은 특별했는데, 그가 묵고 있는 숙소에서 멀지 않은 곳에 있었다. 지나다니며 보니 언제나 그 식당은 사람들로 만원이어서 그도 예약을 해야만 식사를 할 수 있었다. 잘은 모르지만 꽤 유명한 곳인 것만큼은 분명했다. 그는 처음 그곳에서 음식을 맛본 뒤 그가 이제껏 먹어본 식당 중에서 단연 블랙곰이 최고라는 것을 인정하지 않을 수 없었다. 이렇게 좋은 식당이 숙소 바로 옆에 있는 것이 너무 행복했다.

블랙곰은 이태리 음식과 그리스 정통 음식을 두루 내었는데, 종류마다 음식의 맛이 훌륭했다. S의 유일한 불만은 혼자라서 여러 메뉴를 시킬 수가 없다는 것이었다. 그럼에도 그는 혼자 저녁을 먹으면서도 애피타이저, 메인, 후식, 음료까지 그가 누릴 수 있는 최대한을 주문하곤 했다.

　주인장은 그와 비슷한 또래의 대머리 남자였는데 언제나 온화한 미소와 친절로 그를 대했다. 예약을 하지 않은 날에도 그를 오래 기다리게 하지 않았다. 그 식당의 하우스 와인도 훌륭했는데 그는 언제까지고 그런 맛을 누리고 싶어졌다. 먹을 때에는 외롭지도 않았고 이 나라가 자기에게 아무 관심 없다는 것에 화도 나지 않았다. 그래서 먹는 것만이 진리였음을 그는 매번 먹을 때마다 깨닫곤 했다. 동네 많은 식당 중에서도 그곳의 음식이 유독 맛있게 느껴지는 이유는 주인장의 몫도 컸다. 주인장은 잘되는 식당의 주인답게 친절과 온화함이 표정뿐만이 아니라 온몸에 가득했다. 블랙곰 주인은 S가 식사를 할 때면 친절하게 메뉴에 대해 설명해주었고 먹는 중에도 다가와서 음식 맛이 어떠한가 물어보곤 했다. 그에게 어디서 왔는지 중국 사람인지 일본 사람인지 물어보기도 했고, 이곳에 얼마나 오래 머물지 묻기도 했다. S는 여행 온 이후 타인에게 처음으로 받는 관심이어서 그런지 블랙곰 주인에게 한없는 신뢰를 품게 되었다. 그래도 하루에 두 번씩 식당에 들르는 것은 좀 창피한 생각이 들어서 일부러 틈을 조절해가며 식당에 갔다. 이틀에 한 번꼴로 식당에 들렀다.

　너무 자주 가는 것도 민망한 일 같아서 그는 식당 앞으로 지날 일이 있어도 멀리 돌아가곤 했다. 주인장 이름은 어려워서 잊어버렸지만 S는 그를 아르니αρνι라고 불렀다. 아르니는 양고기란 뜻으로, 양고기 요리를 주로 시키는 S에게 주인장이 자기를 아르니라고 불러달라는 농담을 한 것을 기억하고 있어서였다. 그리스에 온 뒤 처음으로 친구를 사귄 것 같아

마음이 예전 같지 않았다. 그동안 위축되었던 마음이 스스로 많이 풀리는 것 같았다.

그는 이런 식당을 한두 곳 만들고 그곳 주인들을 친구로 삼으면 되겠다, 싶었다. 그러다보니 그는 더욱 열성적으로 동네의 작은 식당을 찾아 헤맸다. 그날 그가 들러봐야 할 식당은 블랙곰에서 그리 멀지 않은 곳이었다. 마침 블랙곰 식당 앞을 지나게 되었다. 블랙곰은 아직 저녁 전이어서 조금 한가해 보였다. 그는 혹시 주인과 마주칠까 싶어 블랙곰이 있는 곳 맞은편으로 걸었다.

S가 깜짝 놀라 갑자기 걸음을 멈춰 섰다. 신경을 블랙곰에 쓰다보니 막상 자기가 걷는 길 쪽은 제대로 살피지 못했는데, 바로 앞에서 블랙곰 주인장이 담배를 피우고 있었다. 그는 반가운 마음에 선글라스를 벗고 웃으면서 다가섰다. 주인장과 눈이 마주쳤다. S가 손을 들어 막 인사를 하려던 차 블랙곰 주인장이 스윽 고개를 돌리며 S를 외면했다. 블랙곰 주인장은 피우던 담배를 그저 계속 천천히 피웠다. S는 순간 민망해져서 선글라스를 옷으로 닦으며 모른 척 블랙곰 주인장을 지나쳐갔다.

그는 원래 가려고 했던 식당이 어디였는지 기억이 나지 않았고, 머릿속이 하얘졌다. 그는 블랙곰이 있는 길을 피해 멀리 돌고 돌아서 집으로 왔다. 그러곤 물에 찬밥을 말아 먹으며 얼른 한국으로 돌아가야겠다고 마음먹었다.

2부

CHORACH
23320 61 533
6977 22 45 14

MORGH

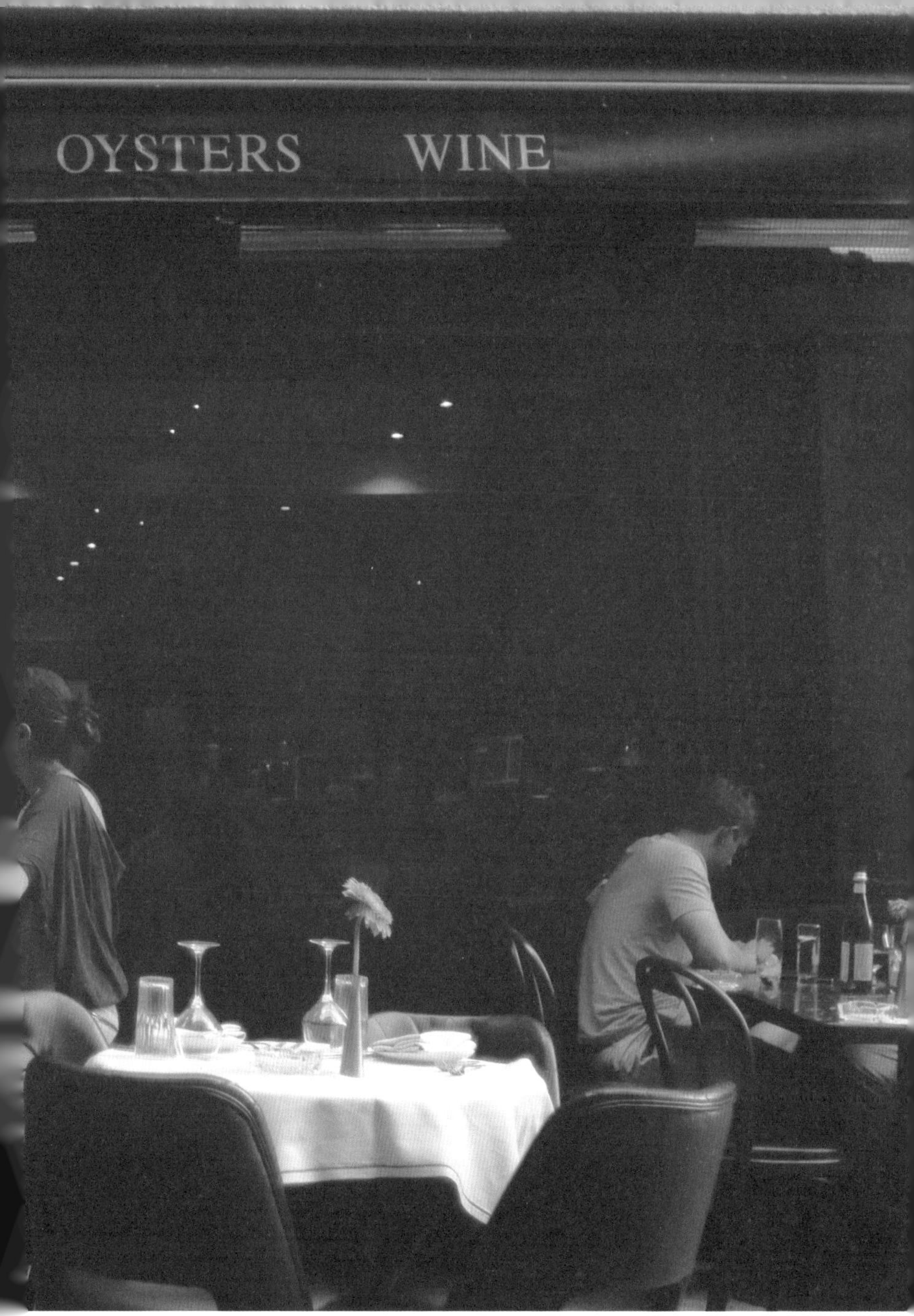
OYSTERS WINE

3부

여권은 돌려주세요

미국인 존 로우는 올해 스물여섯의 대학생이다. 그는 마지막 여름방학을 맞이해 그리스로 배낭여행을 왔다. 서유럽의 몇몇 도시를 가본 적은 있었지만 지중해 연안의 도시는 처음이었다. 한 달 예정으로 왔고 일정이 끝나가고 있었다. 그는 그동안 크레타, 산토리니, 낙소스, 미코노스 등의 그리스 남부 섬과 해변, 테살로니키, 빌립보, 메초보, 뵈레아, 이오안나나 등의 그리스 북부 고대 도시를 두루 돌아보고 여행의 마지막 여정을 아테네에서 보내고 있었다. 다음주면 그의 고향인 펜실베이니아 해리스버그로 돌아갈 예정이었다.

경제학을 전공한 그는 우수한 졸업 성적으로 피츠버그의 한 은행에 일찌감치 취직이 확정됐고, 돌아가서 마지막 학기를 이수하면 대학 생활의 모든 것이 마무리된다. 그리스 배낭여행은 그가 성실하게 대학 생활을 마친 스스로에게 준비한 선물이었다. 대학을 다니는 내내 그는 주말마다 아버지의 농장 일을 거들고 틈틈이 도서관에서 사서로 일을 했다. 그의 집안은 대대로 펜실베이니아 주 남부에서 우유를 생산했다. 그의 아버지와 할아버지, 할아버지의 할아버지도 낙농업자였다. 아버지는 로우가 도시에 나가 사는 걸 못마땅하게 생각했지만 이내 생각을 달리할 수밖에 없었다. 아버지의 넓은 목초지와 소들은 로우의 동생인 존슨이 물려받았다. 존슨은 일찌감치 대학에 진학하는 것을 포기하고 고향에 남아 아버지의 일을 도왔다. 로우는 이번 여행을 동생과 함께하길 원했으나 아버지에게 농장 일을 전부 맡기는 것은 불가능했고, 둘은 다음 여행의 동행을 약속하는 것에 만족해야 했다.

　로우는 꿈같은 한 달을 그리스에서 보냈다. 거친 미국 동부 해안이 그가 경험한 유일한 바다였기에 좋은 날씨와 아름다운 그리스의 해변은 로우를 감동시켰다. 여행 하루하루가 그에게는 꿈같은 날이었다. 그는 여행에서 많은 사람을 만났고 그들 대부분은 그와 같은 미국인이었다. 미국인들은 다른 유럽인들이 개별적인 여행을 선호하는 것과는 달리 일행을 만드는 데 주저함이 없었기 때문이나.

"미국인들을 보면 이해되지 않는 게 하나 있어요. 미국인들은 가장 개인주의적이고 개인의 권리와 의사를 존중하는데, 꼭 여러 명이 패거리를 지어 다닌다는 인상을 지울 수 없어요. 마치 잔뜩 겁을 먹은 사람들 같아요."

　미코노스에서 만났던 벨기에 출신의 한 커플은 로우의 일행에게 이해할 수 없다는 듯 말했지만 로우 일행은 딱히 반박할 여지가 없었다. 로우는 그들을 미코노스의 파라다이스 비치 클럽에서 만났다. 그들은 해변에서 밤을 보낸 뒤 다운타운에서 늦은 점심을 먹고 있었다.

"당신들은 이 식당에 올 때에도 어디선가 함께 만나서 들어왔잖아요. 우리가 여행에서 만난 미국인 대부분이 그랬어요."

그들의 말은 맞았다. 로우는 그 이유에 대해서 곰곰이 생각했지만 왜 그런 것인지 뚜렷한 답을 찾기 어려웠다. 실제로 미국인들은 자기들이 가지고 있는 여행 정보 안에서 움직였고 항상 사람들을 경계했으며 어디든 무리를 지어 다녔다.

"아마, 그게, 여러분들은 겪지 못하는 어려움을 우리는 겪고 있기 때문이 아닐까요. 혹시 일어날지도 모를 일에 대해 그저 조심하는 것뿐이에요."

"제 말은 실제 세계는 당신들에게 위험하지 않다는 말을 하고 싶은 거예요."

브뤼셀에서 아동사회복지사로 일한다는 줄리엣이 측은한 눈빛으로 말했다.

"우리와 다른 점이 있다면 그거예요. 파라다이스 비치에 가려면 우린 그곳에서 일어날 경이로운 일들과 사람들을 만날 준비를 하고 홀로 떠나죠. 그곳에 가면 그런 일들이 우리를 기다리고 있으니까요. 하지만 미국인들은 인터넷이나 SNS로 함께 파라다이스 비치를 갈 사람들을 찾아요. 정확하게는 비치에 같이 갈 미국인들을 찾는 거죠."

줄리엣의 남자친구인 다우천 크루스의 말에 미국인들은 그저 고개만 끄덕였다. 크루스는 원래 네덜란드 사람으로 암스테르담에서 금융업에 종사했지만 줄리엣을 몇 년 전 인도 여행에서 만난 후 현재는 브뤼셀에서 그녀와 함께 생활하고 있었다. 그는 오랫동안 일해온 은행을 그만두고 아시아의 어린이를 돕는 NGO에서 새로운 인생을 설계중이라고 했다.

로우는 그들의 말에 동의할 수밖에 없었다. 그는 그리스로 배낭여행 온 이후에 혼자였던 적이 한 번도 없었다. 아테네 시내에서건 남부나 북부를 여행할 때에도 언제나 쉽게 일행을 찾았고 동행을 구해서 함께 다녔다.

미코노스에서 만난 줄리엣 커플의 지적은 로우에게 큰 고민을 남겼다. 일행과 만나 조율한 여행은 항상 완벽할 수 없었고 어떤 합의점을 이끌어내는 데 어려움이 많았기 때문이다. 그는 여행을 위해 만난 일행 사이에서 여행 계획에 대해 논란이 일 때마다 항상 양보해야만 했고, 반대로 언제나 자신의 주장을 관철해야만 하기도 했다. 그것은 서로서로에게 완벽할 수 있는 여행에 대한 타협에 불과했고 불완전한 여행일 수밖에 없었다. 그리스에서의 한 달은 그에게 큰 감동이었지만 한편 아쉬움도 많을 수밖에 없었다.

그래서 그는 여행을 마무리하는 아테네에서의 며칠을 그들의 조언대로 혼자 보내기로 마음먹었다. 그가 아테네에서 묵고 있는 게스트하우스엔 미국인들이 가득했지만 그들과 일행이 되어 또다른 어딘가로 여행을 떠나거나 몰려다니며 쇼핑을 하지 않았다.

며칠을 혼자 지내면서 느낀 첫번째 교훈은 놀랍게도 자신에게 주어진 시간이 너무 많다는 것이었다. 언제나 단체로 움직이다보니 일정에 쫓기며 이동하거나 계획되어 있는 순서에 치여 시간이 모자랐던 지난 한 달여였다. 부쩍 많아진 시간에 그는 지난 한 달의 여행을 반성하게 되었다. 그는 여유롭게 콜로나키 거리를 걸으며 가족들에게 줄 선물을 샀고 일행과의 의견에 부딪혀 가지 못했던 아테네의 이곳저곳을 돌아다닐 수도 있게 되었다. 얼핏 불완전하게 끝날 수도 있었던 그리스 배낭여행이 완벽해져갔다.

그는 출국을 이틀 남기고 한가롭게 거릴 헤맸다. 언제나처럼 활기 넘치는 아테네의 밤이 찾아왔고 그는 아주 천천히 아크로폴리스 주변을 산책했다. 조명을 받은 아크로폴리스는 바라보는 위치에 따라 아름다움이 달랐고 그는 그것이 좀 경이로웠다. 그는 아크로폴리스 뒤편 아레오 파고스 Ἄρειος Πάγος 언덕에서 수천 년 동안 변함없었던 아크로폴리스 언덕을 바라보았다. 몇몇 연인이 밀어를 주고받으며 시원한 바람을 맞고 있었고, 그리스 청소년 여러 명이 한쪽에서 맥주와 음료를 마시며 야경을 즐기고 있었다. 그가 아크로폴리스 야경을 보며 가만히 앉아서 이런저런 생각에 잠겨 있는 동안 중국인 관광객 수십 명과 미국인 한 무리가 나타나서 잠깐 사진을 찍고 사라졌다.

그는 방향을 바꾸어 아크로폴리스와 반대쪽에 있는 필로파포스 Μνημείο Φιλοπάππου 언덕을 바라보았다. 꼭대기에 세워져 있는 기념 건물 Μνημείο Φι-λοπάππου이 아크로폴리스만큼 아름다운 자태를 뽐내며 서 있었다. 웬만한 곳은 두루 살펴보았다고 생각했는데 필로파포스 언덕을 올라간 기억이 나질 않았고, 그는 그곳에 가지 않았다는 사실을 깨달았다. 그는 망설이지 않고 일어나, 천천히 그곳으로 향했다.

모처럼 할 일이 생겨 반가운 마음이 들었다. 필로파포스 언덕은 아크로폴리스와 대로 하나를 두고 마주보고 있었고 언덕을 오르는 길은 울창한 숲으로 이루어진 공원이었다. 그는 한적한 공원을 거닐며 마음에 가득찬 여유로움과 한적함에 행복했다. 공원 벤치에는 수많은 연인이 데이트를 하거나 노숙자들이 이른 잠을 청하고 있었다. 언덕을 오르는 길은 적막했지만 특별한 느낌을 주었다. 그다지 길거나 높지 않아서 그는 금방 정상에 오를 수 있었다. 그곳에서 아크로폴리스를 바라보는 일은 특별했다. 어디에서건 바라보는 야경이 훌륭한 아테네였지만 필로파포스 언덕 위의 정경은 더욱 그러했다.

생각과는 달리 정상에 사람은 많지 않았다. 이렇게 아름다운 뷰를 가진 곳에 사람들이 적은 것이 언뜻 이해되지 않았다. 몇몇 사내들이 멀찍이 떨어져 앉아 있어서 혹시 이곳이 게이들이 주로 모이는 공간이어서 그럴지도 모르겠다고 그는 잠깐 생각했다. 한참 야경 앞에 앉아 있다 그는 일어섰다.

정상 바로 밑 한적한 공원길을 내려오다가 그는 두 명의 사내와 마주쳤다. 그들은 처음에 그를 지나쳐갔다가 빠르게 다시 내려와 그의 앞을 가로막았다. 한 사내의 손에 권총이 들려 있었다. 로우는 순식간에 몸이 얼어붙었다. 곧이어 정상에 있던 사내 둘도 내려왔다. 그는 구세주를 만난 것처럼 그들에게 붙어서며 도움을 요청했다. 정상에서 내려온 사내가 그를 앞으로 밀어냈다. 로우는 상황을 파악하고 번쩍 손을 들었다. 사내들이 꼼짝 못하고 선 로우의 작은 허리백을 뒤졌다. 백 유로가 조금 넘는 돈과 여권을 그들이 움켜쥐었다. 바지 앞주머니에 넣어두었던 휴대전화도 어느새 그들의 손에 있었다. 그들은 정상을 향해 돌아섰다.

"여권은 돌려주세요. 이틀 후에 출국해야 해요."

사내들이 멈춰 서더니 자기들끼리 말을 주고받으며 낄낄댔다. 그들이 주고받는 말은 생소하기만 했다. 그리스어 같기도 했지만 다른 나라 말처럼 들리기도 했다. 그들은 로우를 등진 채 빠르게 정상 쪽으로 사라졌다.

로우는 공원을 뛰다시피 빠져나오며 자신이 미코노스에서 만났던 줄리엣과 다우천을 떠올렸다. 공원을 완전히 벗어나자 자신도 모르게 입에서 한마디가 터져나왔다. Fuck shit!

요르고스의 아버지인 테오도로스의 아버지, 키코스의 아버지였던 니코스 아이케

마흔세 살의 요르고스 아이케는 콜로나키Κολωνάκι의 핫플레이스에서 소리아Σωριο라는 유명 바βαρ를 운영했다. 그의 집안은 대대로 아테네 중심가에 살며 콜로나키에서 장사를 해왔다. 리카비토스 언덕 아래 콜로나키에는 귀족들을 위한 의상, 귀금속, 미용실 등 고급 숍이 아주 오래전부터 모여 있었고 요르고스의 집안은 그 틈에서 귀족들에게 고급스러운 취향을 팔며 살아왔다.

요르고스의 아버지 테오도로스 아이케(1940년대생)는 아테네 대학에서 정치사를 전공했다. 하지만 결국 전공과는 아무 상관없는 그의 아버지가 운영하던 시계점을 이어받았다. 테오도로스는 좌우 대립이 극심했던 그리스 내전중에 태어나 군사정권 시절에 대학을 다녔다. 1967년 그가 대학 신입생이었던 때, 우익 군사정권이 사회주의 정부를 쿠데타로 무너뜨렸다. 전투중에는 파르테논 신전이 일부 파괴되기도 했다. 군부세력은 이후 8년간 그리스를 통치했다. 민주주의를 주장하는 시민과 사회주의자, 공산주의자 들은 추방되거나 투옥되며 탄압받았다. 테오도로스도 민주주의 운동을 하다가 두 번 투옥되었다. 1973년 국민투표를 통해 군사정부는 종식되었고 이후 그리스는 좌우 이념 대립으로 사회정치적 불안이 여전했지만 곧 비교적 안정적인 정치 상황을 맞이하게 되었다. 테오도로스도 집으로 돌아왔다. 왕정이 폐지되고 공화국이 들어선 1974년 결혼을 했고 요르고스를 낳았다. 그는 아버지의 시계점을 이어받아 평생을 시계를 수리하고 파는 일을 했다.

테오도로스의 아버지 키코스(1910년대생)는 2차 대전 참전 후 콜로나키에 시계점(1950년대)을 열었다. 전쟁 통에 가족들은 뿔뿔이 흩어졌고 그는 가족들을 모으기 위해 그들의 조상이 대대로 살아온 곳에 다시 가게를 열었다. 그의 젊은 날 그리스는 혼란스러웠다. 북부에서 왕정에 반대한 공산주의자들이 반란을 일으켰고 2년 만에 진압됐다. 그는 정치적인 것과는 비켜선 사람이어서 사회운동에 열심이었던 아들 테오도로스를 못마땅해했다. 하지만 정치사회가 안정을 되찾자 오랜 설득 끝에 자기가 운영하던 시계점을 물려주었다.

요르고스의 아버지 테오도로스의 아버지 키코스의 아버지 니코스 아이케(1890년대생)는 이발사였다. 콜로나키 근처에서 미용실을 운영했는데 요르고스의 아버지와 할아버지가 운영했던 시계점이 그 장소였는지는 확실하지 않다. 요르고스가 알고 있는 조상의 역사는 거기까지였다. 다만 오랫동안 아테네 콜로나키에서 장사를 해왔다는 것은 부정할 수 없는 일이었다. 요르고스는 아버지가 운영하던 시계점을 정리하고 콜로나키에서 가장 번화한 거리인 차칼로프Τσακάλοφ에 화려한 술집을 열었다. 그는 일찍이 십대 시절부터 오모니아와 에르무* 등을 중심으로 활동하던 마피아 조직에 몸담았다. 그들은 당시 집권당이던 우익 정치세력을 등에 업고 1980~90년대에 큰 성장을 이루었다. 그리스는 좌우 대립의 불안한 정치 상황(주로 우파 세력이 정권을 잡았고 좌파 세력은 열세에 놓였다)의 틈을 비집고 빠르게 이권을 넓혔다. 정치와 공무원은 부패했고 시민들의 정치, 경제적 상황은 점점 악화되었으나 요르고스 같은 사람들에게는 기회의 시절이었다.

2000년대에 들어와서 그리스의 정치, 경제 상황은 더욱 급속도로 나빠졌고 결국 2000년대 후반 국가채무불이행으로 이어져 그리스 국민들에게는 많은 고통이 뒤따랐다. 하지만 혼란한 틈에 기생했던 부패 세력의 부와 영향력은 여전히 건재했다. 이미 그들이 자자손손 대대로 남길 재산을 숨겨놓은 뒤였다. 그들은 국가가 큰 난관에 처하자 그간의 책임을 피하기 위해 정치 경제 일선에서 물러섰다. 정권은 좌파에게 넘어갔지만 뭔가를 수습하기에 국가 상황은 엉망진창이 된 이후였다.

마피아였던 요르고스도 일선에서 물러나 새로운 삶을 시작했다. 오랫동안 아테네 중심가를 지배해왔던 대부분 1, 2, 3세대 조직원들은 뒤로 물러났고 중심가의 이권은 조직에 남은 젊은 사람들에게 넘어갔다. 예전처럼 보호비 명목이나 뒷일을 봐준다는 핑계로 상인들에게 돈을 뜯는 일은 오래전에 사라졌다. 대신 그들은 급격하게 불어난 이민자들을 상대로 주

---

* 아테네 시내 중심가.

로 활동했다. 원 세대들이 손대지 않았던 마약을 취급하기도 했다.

요르고스는 조직 은퇴 후에 여러 개의 합법적인 가게를 운영했다. 그의 집안 대대로 콜로나키를 무대로 살아왔던 역사가 그의 사업을 더욱 번창시켰다. 그는 오후가 되면 소리아에 나왔다. 도로에 내어놓은 테이블에 앉아 햇빛을 쬐었다. 그의 연인인 헬리나와 언제나 함께였다. 그는 첫번째 결혼에 실패하고 얼마 전, 헬리나와 두번째 결혼식을 올렸다. 헬리나는 이제 스물다섯의 아름다운 처녀였다. 그녀는 우크라이나 출신의 어머니와 이태리 북부 출신의 아버지 사이에서 태어났다. 그녀의 부모는 이십대에 그리스로 이민을 왔다. 부모의 장점을 그녀는 두루 이어받았다. 그녀의 머리는 금발이었고 눈동자는 초록색과 회색이 섞인 오묘한 빛이 났다. 요르고스와 헬리나는 오후가 되면 함께 가게에 나와 간단하게 늦은 아침을 먹었다.

"요르고스 씨 안녕하세요. 건강하시죠?"

아테네에 사는 사람이라면 요르고스를 모르는 사람이 거의 없었다. 그는 인사를 받을 때마다 일어나서 반갑게 사람들을 맞았다. 인사하는 사람들을 꼭 껴안으며 볼키스를 했다.

"둘째를 낳았다며, 어떤가?"

요르고스는 인사를 건네는 남자의 이름이 정확히 기억나지 않았지만 낯이 익었다. 그가 아이가 둘이라는 것은 어렴풋이 생각났다.

"이제 네 살이 되었어요. 여전히 귀엽지요. 하지만 걱정이 많아요. 얼마 전에 아내와 제가 직장을 잃었거든요. 요르고스 씨, 우리 가족을 불쌍히 여겨주세요."

"모두가 힘든 시절이지. 내가 한번 알아볼게. 무슨 일이든 할 수 있겠지?"

"그럼요, 아내와 저는 아직 건강해요."

"싱그루에 몇 개의 가게가 있어. 그쪽에 할 일이 있는지 알아봐줄게. 이곳에 연락처를 남겨두라고."

남자와 얘기를 나누는 중에도 쉴 새 없이 가게 앞을 지나는 사람들과 요르고스는 인사를 나누었다. 악기 가방을 멘 한 무리의 남성들이 조금 떨어져서 요르고스가 남자와 이야기를 마치길 기다렸다.

"느긋하게 아침을 먹을 새도 없군. 자네들은 잘 지내?"

요르고스가 활짝 웃으며 음악인들을 맞았다.

"저희들은 아직 재능이 있어요, 요르고스 씨. 우리를 버리지 말아주세요."

"안 그래도 에르무 쪽 식당에 알아보고 있는 중이야. 이번 주부터는 다시 식당에서 연주를 할 수 있을 거야. 우리 가게는 아니지만 거기도 꽤 괜찮은 곳이야. 상황이 나아지면 다시 부를 테니 기다리며 열심히 해보라구."

요르고스가 청년들의 등을 가볍게 치며 다독였다. 그러곤 신발 가게 앞을 천천히 걸어가는 한 할머니에게 다가갔다.

"알렉산드로 어머니지요? 저 모르시겠어요? 저 테오도로스의 아들 요르고스예요. 알렉산드로의 친구요."

"그렇구나. 아버지가 돌아가셨다는 말은 들었어. 안타까운 일이구나. 좋은 분이셨는데 말이야."

"좋은 생을 사셨어요. 이젠 슬픔을 잊고 있답니다."

요르고스는 할머니의 손을 잡고 내려막길 끝까지 배웅했다. 그는 누구

요르고스의 아버지인 테오도로스의 아버지,
키코스의 아버지였던 니코스 아이케

에게나 친절했고 사람들의 부탁을 거절하는 법이 거의 없었다. 사람들은 모두 요르고스를 좋아했다. 그가 과거에 시내 중심가를 주름잡던 마피아였다는 것을 기억하는 사람들은 이제 거의 남아 있지 않았다. 그는 그저 어려울 때 도움을 받을 수 있는 좋은 이웃이었다.

두 사람은 함께
신타그마 광장에서 바람개비를 팔았다

브라엘 강가는 스물두 살이 됐다. 그는 아프리카 DR콩고에서 태어나 열다섯이던 7년 전 내전을 피해 피란길에 올랐다. 콩고 동쪽 키부는 수십 년째 내전에 휩싸인 곳으로 학살로 많은 난민이 발생한 곳이다. 그는 계속되는 내전을 피해 키부에 근접한 지역인 이투리 쪽으로 피란을 갔으나 그곳에서도 전쟁을 피할 수 없었다. 결국 그는 걸어서 중앙아프리카공화국의 국경을 넘으며 국제 난민이 되었다. 그가 열여섯 살 때였다.

그가 살았던 콩고 동부와 북동부 키부와 이투리는 자원이 풍부한 곳이다. 내전의 이유는 표면적으로 부족 간 갈등으로 알려져 있지만 실제 내막은 금광과 광물 채굴권을 둘러싸고 일어난 이권 전쟁의 모습에 가까웠다. 특히 회색금이라고 불리는 콜탄의 매장량이 전 세계 매장량의 80퍼센트에 육박해 탐욕자들이 이성을 잃고 전쟁을 불사할 수밖에 없는 지역이었다. 끊임없이 내전이 발생하는 이유는 그것에 있었고 그런 분쟁과 아무 상관없는 주민들은 학살을 피해 자신의 터전을 버리고 난민이 될 수밖에 없었다. 특히 2차 콩고내전(1998~2003)은 인류 역사상 가장 끔찍한 전쟁으로 희생자가 최소 3백만 명 이상이었고 브라엘 강가도 그중 하나였다.

그는 투치족으로 1, 2차 내전중 정부군에 의해 부모와 형제들을 모두 잃고 혼자가 되었다. 그를 도와줄 사람은 아무도 없었다. 그가 목숨을 건질 수 있는 유일한 방법은 콩고를 떠나는 것뿐이었다. 그가 오로지 도보로만 중앙아프리카공화국, 차드를 거쳐 리비아에 도착하기까지 6년이라는 시간이 걸렸다. 내전에 휩싸인 전장을 피해야 했기에 그의 여로는 험난할 수밖에 없었다. 어디에도 안전한 곳은 없었다. 차드의 사막을 건넌다는 것은 자살하는 것과 다름없었지만 그는 살아남았다. 걸어서 리비아의 해변에 도착하기까지의 시간을 그는 일일이 기억할 수조차 없었다. 매일매일 배고픔과 불안함으로 생존의 기로에 선, 위태로운 시간이었다.

그는 난민 캠프를 옮겨다니며 생명을 부지했고 조금씩, 조금씩 북쪽으로, 북쪽으로 향했다. 리비아 트리폴리 해변에서 지중해를 통해 이탈리아에 가는 것이 목표였으나 그마저도 여의치 않았다. 42년 동안 독재통치한 리비아의 카다피가 죽으며 리비아는 더 큰 혼란에 빠져들었기 때문이다. 그가 난민으로 아프리카를 탈출하기 위해 걸었던 6년 동안 아프리카에서는 새로운 전쟁이 시작되었다. 그 양상은 더욱 치열해졌다. 카다피에 대한 시각은 대부분 서구의 의견이 반영된 것으로 아프리카에서의 그에 대한 평판은 전혀 달랐다. 카다피가 집권했던 지난 시절 리비아는 아프리카인들이 모두 선망할 만큼 정치적으로 안정적이고 경제적으로 부유한 국가였다. 브라엘이 콩고를 떠날 때만 해도 최종 목적지가 리비아였지만 그

사이 상황은 급변하여 아프리카 어디에도 그의 생명이 보장될 만한 지대
는 존재하지 않게 되었다.

그는 우여곡절 끝에 2016년 12월, 트리폴리 근처의 바닷가에 도착했다.
공습과 테러로 죽을 위기를 넘긴 것만 해도 여러 번이었다. 현재와 과거
에 머물러 있을 시간이 그에겐 없었다. 그의 미래란 생명의 연장을 의미
했기에 오로지 살아 있는 것만이 중요했다. 그는 지난 7년여 동안 틈틈이
마련한 돈으로 어렵게 난민 뗏목에 올라탈 수 있었다.

아무리 햇빛 좋은 지중해라고 해도 한겨울 바닷물은 얼음장처럼 차가
웠다. 지중해를 건너다 익사한 아프리카 난민만 해도 한 해 2천 명이 넘었
다. 국제사회의 도움으로 난민들의 처지를 고려한다고 했지만 난민들의
발은 여전히 공포의 땅에 묶여 있었다. 선택받은 사람들만이 아프리카를
떠날 수 있었다. 브라엘도 운 좋은 그들 중 하나였다. 무사히 이탈리아에
도착만 한다면 그의 미래는, 그러니까 앞으로 죽지 않고 살 수 있다는 희
망이 있었다.

그는 바다를 건너는 동안 바다 위를 떠다니는 수많은 아프리카 난민들
의 시체를 보았다. 어린아이부터 노인까지 약하고 힘없는 그들의 몸이 겨
울 햇살을 받아 반짝였다. 그간 자기의 고향에서 죽어간 많은 사람이 떠
오르는 건 자연스러웠다. 최종 목적지에 닿기 전에 안타깝게 희생된 많은
죽음을 목도하며 그는 삶에 대한 의지가 더욱 커졌다. 오직 살아야 한다
는 목적 하나 말고는 없었다. 굶주림과 두려움의 30일을 그는 바다 위에
서 버텨냈다. 보름이면 닿을 수 있는 거리였음에도 뗏목은 바다 위를 표
류했다. 그는 뭔가 잘못됐다는 것을 알 수 있었지만 어떤 도움도 청할 수

없었고, 바다에서 벗어날 어떤 방법도 없었다. 뗏목이 뒤집어지지 않기를 비는 게 그가 할 수 있는 전부였다. 낮이 되면 남자들은 돌아가며 바다에 들어가 뗏목을 밀었다. 먹을 음식과 마실 물도 없었다. 더이상 시간이 길어졌다면 익사 전에 모두 굶어 죽었을 것이다.

그가 탄 뗏목은 운 좋게 육지에 닿았다. 조난 사고를 당해 타고 있던 사람 모두가 익사한 뗏목이 한두 척이 아니었음에도 그가 탄 보트는 무사히 유럽의 한 땅에 닿을 수 있었다. 그가 탄 보트는 너무나 아름다운 한 해변에 도착했다. 그들은 그곳이 이탈리아라고 생각했지만 아니었다. 그들이 닿은 곳은 크레타의 한 해변이었다.

브라엘 강가는 더 좋은 일이라고 여겼다. 어떻게든 살아갈 것이라고 믿었다. 그에게 닥칠 그 무엇도 지난 시간보다 나쁘지 않다는 것을 알고 있었기 때문이다. 그는 3개월을 난민 캠프에서 지냈고 이제 스스로 살아가야만 했다. 그리스의 상황과 사정이 여의치 않아서 지원은 미비했지만 자신들을 본국으로 돌려보내지 않는 것만으로도 그들의 소망은 이루어진 것이나 다름없었다.

그는 난민 캠프에서 나온 뒤 아테네로 향했다. 고대 유물의 도시는 그를 반갑게 맞았지만 생을 유지하는 일이 결코 쉬운 일이 아니라는 것을 이미 잘 알고 있었다. 도시의 일자리는 부족했고 사람들은 난민들에게 냉정했다. 돈이 없다는 것은 또다른 생존의 위협과 다름없었다. 그는 다른 형태의 내전에 내몰린 것 같았다. 그리스는 이미 아시아에서 유입된 난민들과 아르메니아, 시리아, 아프가니스탄 등에서 유입된 난민들로 포화 상태였고 그것은 생존 위에 덧대진 또하나의 생존 경쟁을 의미했다. 도시에서는 누구도 그에게 도움을 주지 않았다.

그는 굶어야 했다. 일주일에 두 번 난민들에게 끼니를 제공하는 한국인 교회에서 받아먹는 음식이 전부였다. 그나마 유엔에서 일주일에 두 번 제공되는 끼니를 합쳐 일주일에 4일은 먹을 수 있다는 것을 위안 삼아야 했다. 어쨌든 자신이 아직도 살아 있다는 것보다 감사한 일은 없었다.

아테네에 온 지 한 달 만에 운 좋게도 그는 일자리를 얻을 수 있었다. 모두 남수단 출신의 제임스 살바 이게 덕분이었다. 그는 수단 분리 이전에 수단을 탈출한 사람으로 난민이 된 지 10년이 넘은 사람이다. 그의 그리스 입성기는 너무 복잡하고 일이 많아서 일일이 언급을 할 수 없을 정도였다. 브라엘은 제임스를 한국인이 운영하는 한 교회에서 만났다. 두 사람 모두 기독교인이었는데 본국에서 종교적 탄압과 학살을 피해 탈출한 것과 그리스에 오게 된 것이 단지 우연히 일어날 수 있는 일이라고는 생각하지 않았다. 그들은 이 모든 것이 신의 뜻이라 여겼다. 한인이 운영하는 난민을 위한 곳에서 둘이 조우할 수 있었던 것도 끝까지 버리지 않았던 그 신에 대한 믿음 때문이라고 생각했다. 두 사람 다 모든 가족을 잃었고 의지할 곳 없는 신분이어서 급격하게 서로를 믿고 의지하게 되었다. 제임스가 브라엘에게 많은 도움을 주었다.

"이 일도 열심히만 한다면 더 좋은 일이 생길 거야. 이제껏 그래왔거든. 무슨 일이든지 언제나 그 이전보다는 나아지고 있는 거라고. 아크로폴리스를 바라보고 있는 네 자신을 좀 보라고."

제임스는 브라엘보다 두 살 위였지만 실제로는 한 세상을 더 산 것만큼 경험이 많았다.

"어때, 나와 이 일을 해보는 게 말이야."

제임스는 신타그마 광장에서 야광 바람개비를 팔았다. 하늘 높이 던지면 불빛을 내며 날았다가 아름다운 불빛을 내며 땅으로 떨어졌다.

"내가 상점에 부탁하면 아마 물품을 조금 내어줄 수 있을 거야. 돈을 주고 산다면 좋겠지만 그건 불가능한 일이니 말이야."

"아무것도 없는 우리에게 그런 것을 빌려줄 리가 있을까?"

"그 사람도 우리 사정을 알고 있어. 어차피 갈 곳도 없다는 것을 알고 있으니 괜찮을 거야. 대신 양은 많지 않겠지. 아마 당분간은 물건을 파는 대로 돈을 갚아야만 신용을 쌓을 수 있을 거야."

다음날부터 두 사람은 함께 신타그마 광장에서 바람개비를 팔았다. 야광 바람개비를 팔기 위해 밤이 되길 기다렸다. 돈이 조금 모인다면 낮에 할 수 있는 무슨 일인가를 찾아야 할 것이다.

아이들 장난감 같은 바람개비를 사는 어른은 거의 없었다. 어쩌다가 물건을 사는 사람들도 호기심보다는 그들의 처지를 불쌍하게 여긴 적선이 대부분이었다. 하지만 이 일도 경쟁이 너무 심해서 둘은 호기롭게 바람개비를 하늘 위로 힘껏 던질 수도 없었다.

"하나를 팔면 우리에게 10센트가 남는 거야. 열 개를 팔면 1유로가 되고, 그 돈으로 끌루리*를 사 먹을 수 있을 거야."

브라엘은 하늘 높이 바람개비를 던졌다. 그것은 화려한 불빛을 내며 솟아올랐다가 떨어졌다. 한 번, 두 번, 그는 쉬지 않고 바람개비를 날리고 떨

---

* 그리스에서 서민들이 가장 흔하게 사 먹는 깨가 박힌 딱딱한 빵.

어진 그것을 주웠다. 하루에 수백 번 야광 바람개비를 하늘로 날렸지만 몇 개를 팔기도 쉽지 않았다. 그래도 그는 형제와 다름없는 제임스가 곁에 있어서 위안이 컸다. 그렇게 자신이 여전히 살아서 광장에 서 있고 하늘 높이 야광 바람개비를 날리며 죽음과 비껴선 땅에 있다는 것만으로도 감사한 일이었다.

두 사람은 함께 신타그마 광장에서 바람개비를 팔았다

아나스타샤의 첫 직장

아나스타샤는 올해 간호대학을 졸업했지만 병원에 취업하는 것에 실패했다. 많은 병원들이 국가채무불이행 사태 이후에 문을 닫거나 규모를 줄였다. 병원뿐만 아니라 사회 전반에 걸쳐 가혹한 구조조정이 실행되었다. 그리스가 맞은 국가부도사태에서 국민들이 가장 치명적으로 고통을 분담해야만 하는 분야가 의료 서비스였다. 아픈 사람 모두가 치료받을 수 있는 권리가 부여되었던 히포크라테스의 나라가 의료에 대한 이념이 뿌리째 흔들리고 있었다. 건강보험은 쓸모없어졌고 국립병원에서 일하던 의사들은 사립병원을 개원해서 살 궁리를 찾아야만 했다.

많은 국민은 전과는 달리 치료받는 데 돈을 써야 한다는 사실에 경악했다. 물론 사립병원의 존재는 이전부터 있어왔지만 그것은 주로 어떤 특권층을 위한 것이었다. 하지만 국가부도사태 이후 경영과 자본 불안정으로 문을 닫거나 규모를 축소하는 국립병원이 많아졌고 국민들은 어려움에 봉착했다. 간단한 치료를 받기 위해 몇 시간씩 기다려야 하는 일이 다반사였다. 많은 일손과 병원이 필요했지만 이러한 난국에 병원과 인력을 확충한다는 것은 현실적으로 어려움이 많았다. 무엇보다 국가에 돈이 없었다. 간호대학을 졸업한 아나스타샤도 일종의 피해자였다.

그녀의 아버지는 문화부 공무원이었고 오빠는 전기 기술자였지만 모두 얼마 전에 일자리를 잃었다. 그녀의 가족은 그간 저축해놓은 돈으로 어려운 살림을 살고 있었다. 아버지와 오빠가 간간이 일을 나갔지만 정기적인 것이 아니어서 가족의 생계는 언제나 어려움에 처해 있었다.

아나스타샤도 팔방으로 뛰어다니며 일자리를 수소문했지만 쉽지 않았다. 때마침 여름 시즌이 끝나가고 있어서 일자리를 찾는 어려움은 더욱 컸다.

"정기적이고 안정적인 일자리를 구하는 것은 너무 어려워요. 당장 할 수 있는 아르바이트를 알아보고 있어요."

젊은 여자들이 할 수 있는 일이라는 게 뻔해서 아버지와 오빠는 마음이 아팠다. 직업에 어떤 천함과 귀함도 없었지만 아나스타샤가 전공을 살려 병원에서 일할 수 있기를 간절히 바라왔던 터였다.

"그래도 난 몇 년이었지만 전공을 살려 직업을 택할 수 있었던 게 행운이었나봐. 넌 아직 어리고 젊은데 그런 기회조차 주어지지 않는다는 게 정말 화가 나는구나."

오빠가 그녀를 위로했다. 아버지의 마음은 더욱 아렸다. 일찍 죽은 아내를 대신해 딸을 귀하게 키웠는데 이젠 그녀에게 뭔가를 해줄 수 없다는 안타까움에 그는 딸에게 면목이 없었다.

"실은 시급이 다른 곳의 두 배나 되는 곳이 있어서 고민하고 있어요. 어려운 일은 아니에요. 그런데 단지 마음이 불편해요."

"무슨 일인데?"

아버지와 오빠가 동시에 아나스타샤에게 물었다.

"웨이트리스예요. 그런데 서빙을 하진 않아요. 가지 역 근처에 있는 한 카페예요."

"서빙을 하지 않으면 웨이트리스가 무슨 일을 하는 거야?"

호기심 어린 표정으로 오빠가 물었다.

"하루종일 입구에 서 있는 거예요. 지나가는 사람들에게 메뉴를 설명하고, 들어오고 나가는 손님들에게 인사를 해요."

"그러니까 너의 웃음과 몸매가 하는 일이구나."

아버지는 씁쓸한 웃음을 지었다. 그리스가 가부장적인 관습과 생각이 여전히 유효한 유럽의 나라라는 것은 익히 알려진 사실이었다. 개인의 자유와 권리가 존중되는 나라였지만 여전히 가부장적인 모습도 존재했다.

"일하는 조건이 바지는 입을 수 없고 몸에 딱 달라붙는 원색의 원피스를 입는 것이에요."

"물론 그게 나쁜 일이라고는 생각하지 않지만 너무 안타깝구나."

"하지만 시급이 10유로예요. 아테네 어디에도 그렇게 주는 곳은 없어요."

아나스타샤는 그리스의 전통적인 미인상이었다. 검은 눈동자는 한없이 깊었고 검고 윤기 나는 머리는 허리까지 늘어졌다. 깊고 깊은 아나스타샤의 눈가에 눈물이 맺혔다.

"넌 초록색이나 파란색의 원피스가 어울려. 오빠랑 내일 원피스 사러 가자. 내가 선물할게.”

　“나도 한 벌 선물하마. 우리 딸 첫 취직을 축하한다. 무슨 일이든지 열심히 하면 행운은 따라오기 마련이란다.”

　“사랑해요, 아빠, 오빠.”

　아버지와 오빠의 격려에 아나스타샤는 참았던 눈물을 터뜨렸다.

청혼

아주 오래전에 한 마을의 언덕에서 다른 마을의 언덕으로 이어지는 길가에 시장이 서고, 광장이 생겼다. 마을의 지붕에서 지붕으로 이어지는 허공에 철학과 예술이 자리잡았다. 미코리스 안티아스의 집안은 최초의 지붕 밑, 언덕 밑, 그늘진 곳에 터를 잡고 산 지 2천 년이 되었다. 정확히 언제부턴지는 알지 못하지만 그쯤 됐을 거라고 어렸을 적 할아버지가 그에게 말했다. 할아버지의 할아버지, 그 할아버지의 할아버지도 지금의 그의 집에 살았다는 것만은 분명했다.

고대에 아크로폴리스에서 리카비토스 언덕으로 가는 길이 만들어졌고 그 길 한가운데 광장이 생겼다. 사람들은 그곳을 오모니아로 불렀다. 언제부터였는지는 아무도 알지 못했다. 아주 오랫동안 변함없이 그곳에 시장이 서기 시작했고, 수천 년이 지난 지금까지도 그것은 바뀌지 않았다. 시장 뒤편으로 사창가가 있었다. 그곳도 오모니아에 장이 서기 시작한 무렵부터 만들어졌을 것이다. 아테네에서 시간을 셈하는 것은 그야말로 부질없는 짓이다. '항상'이나 '언제나'가 시간개념의 전부일 것이다. 그래서 언제나 그래왔던 것처럼 오랜 세월, 모든 것은 그대로 제자리에 있었고, 미코리스 안티아스 집안도 마찬가지였다. 그들은 대대로 피레우스Πειραιάς 항구에서 싱싱한 생선을 사다가 오모니아 시장에서 생선을 팔았다.

미코리스 안티아스도 생선 장수였다. 아버지나 할아버지가 그렇게 해야 한다고 한 적도 없었고, 그에게 할아버지나 아버지의 대를 이어 생선 장수가 되어야 한다는 특별한 사명감이 있었던 것도 아니었다. 그것은 그냥 자연스러운 일이었다. 적당한 나이가 되었을 때 할아버지와 아버지를 이어 그는 생선 장수가 되어 있었다. 생선을 좋아하는 아테네 사람들 덕에 특별히 경기를 타지도 않았다. 국가채무불이행의 여파에도 불구하고 그의 가게는 예전과 다름없었다.

그는 이제 결혼을 꿈꿨다. 할아버지는 은퇴한 뒤 카페에 앉아 농구 시합을 보며 말년을 보내고 있었고, 아버지는 예전 같지 않게 점점 힘에 부치는 모습이 역력했다. 얼마 지나지 않아 혼자 가게를 운영해야만 할 날이 오고 있음을 그는 느끼고 있었다. 그에게 결혼이 필요한 시기라는 얘기이기도 했다. 가정을 꾸리고 아들이나 딸을 낳아 '언제나'나 '항상', 혹은 '그대로'의 안티아스 집안을 유지하기 위한 적절한 시간이 다가오고 있었다. 때마침 그는 한 여인을 사랑하고 있었다. 그녀는 트램 운전사였는데, 얼마 전에 에뎀Εδέμ 역에서 일어난 사고 때문에 요즘 심신이 많이 지쳐 있는 상태였다.

그는 오늘밤, 리카비토스 언덕 위에서 그녀에게 청혼할 생각이었다. 수

백 번을 올랐어도 그곳에서 바라보는 야경은 때마다 새롭고 아름다웠다. 아테네의 지붕에 올라앉아 점점으로 남은 사람들의 사랑을 세어보는 일만큼 근사한 일은 없었다. 그 불빛 위에서 그녀에게 사랑을 약속하고 속삭이고 싶었다. 그도 그녀와 함께 아테네의 불빛 중 하나로 남고 싶었다.

그는 다른 날보다 일찍 일을 마치고 한 카페로 향했다. 천천히 오모니아에서 모나스티라키Μοναστηράκι* 역 광장을 향해 걸었다. 광장 근처 옥상의 한 카페에서 그녀를 처음 만났다. 그곳 옥상 카페에는 오래된 올리브나무와 아기자기한 정원이 있었다. 그는 아침부터 마음이 떨리고 긴장돼서 하루종일 일이 손에 잡히지 않았다. 그는 올리브나무 아래 자리를 잡고 아크로폴리스와 리카비토스 언덕을 바라보며 마음을 가라앉혔다. 많은 사람이 밤이 되길 기다렸다. 밤이 되면 두 언덕을 향해 조명이 드리워졌고 그 모습은 아테네 어디에서 보아도 근사했다. 많은 사람 사이에 섞여 있다보니 마음이 진정되었다. 그는 간단히 에스프레소 프레도**를 한 잔 마시고 약속 장소인 리카비토스 언덕으로 향했다.

리카비토스에서 바라보는 아크로폴리스는 건너편 건물의 작은 옥상 같은 느낌을 주곤 했다. 아크로폴리스건 리카비토스건 낮에는 관광객들로 붐볐기 때문에 부산스럽지만 밤이 되면 오랫동안 그래왔던 것처럼 본연의 분위기를 되찾았다.

몇몇 연인이 언덕으로 올라가는 계단에 이미 자리를 잡고 밀어를 주고받고 있었다. 그는 작은 교회 앞 계단에서 그녀를 기다렸다. 손끝에서 시작된 떨림이 심장으로 요동쳤다. 여름이었지만 서늘한 바람이 불어와 한기가 들었다.

저 멀리 피레우스 항구 쪽으로 태양이 허물어지고 있었다. 약속 시간이 이미 한 시간이나 지나고 있었지만 그녀는 오지 않았다. 그는 초조해졌다. 불안한 마음으로 난간에 붙어 서서 굽이굽이 올라오는 길을 내려다보았다. 어둠이 아테네 전역에 천천히 깔리며 집집마다 밝은 등을 밝히기 시작했다. 점점으로 남은 수많은 불빛이 다른 날과는 달리 그의 마음에 불안함으로 번졌다.

"미코리스, 늦어서 미안해. 글리파다Γλυφάδα 근처에서 사고가 나서 마지막 근무가 한 시간이나 연장됐어."

등뒤에서 나긋한 목소리가 들려왔다. 땀을 흘리며 숨을 고르는 그녀가 어느새 그의 뒤에 서 있었다. 그가 그녀를 와락 껴안았다.

"고마워. 와줘서 고마워."

"그게 무슨 말이야. 나는 언제나 당신에게 달려가고 있다고. 트램을 운전할 때도 당신에게 달려가는 상상을 해."

그는 대답 대신 그녀에게 뜨겁게 키스했다. 아테네의 지붕 아래 점점으로 수놓은 아름다운 불빛이 마을의 옥상 위 둘의 사랑을 비추었다.

---

* 모나스티라키는 아테네 시내에서 가장 번화한 곳 중 하나이다. 관광객을 위한 기념품 가게와 카페, 식당이 몰려 있다.
** 에스프레소에 커피 거품을 내어 얼음과 함께 섞은 음료.

해변의 난민 가족

피레우스 항구에서 볼라를 지나 수니온까지 걸쳐 있는 길고 짧은 수많은 해변은 아테네의 보물이다. 지구 문명의 한 태동이 이 바닷가에서 시작됐다. 우리가 영위하는 거의 모든 인지적인 활동, 즉 서구의 문화, 철학, 예술의 어떤 형태가 이곳에서 출발했고, 바다를 통해 남쪽으로, 북쪽의 육로를 통해 동과 서, 세계로 뻗어나갔다. 서쪽으로 북유럽과 서유럽, 유럽 남부와 아프리카 끝까지, 극동의 중국과 한국까지 이 문화 양식과 철학이 흘러들어간 것을 보면 실로 이 바다는 간단하지 않은 곳임이 분명하다. 그런 이유를 떠나 그 무엇보다 이 바다는 현명하고 아름다웠다.

아테네 남부의 해변은 누구에게나 열려 있다. 시리아 팔미라 출신의 요하난 하마쉬아흐에게도 이 해변은 소중하다. 그와 가족은 다마스쿠스Da-mascus 북동쪽 사막에 있는 오아시스 도시였던 팔미라에서 왔다. 그들은 내전을 피해 목숨을 걸고 이주를 시작했고 시리아의 사막을 지나 천신만고 끝에 레바논 해안가에 도착했다. 그곳에서 작은 조각배에 목숨을 싣고 지중해를 건넜다. 그들이 믿는 신이 그들을 그리스 해안까지 안전하게 이끌었다. 바다의 신이 그들을 평화의 지대로 인도했다. 터키나 이탈리아, 그리스가 그들의 목적지였고 그의 가족은 성공했다. 그의 부인은 세번째 아이를 임신중이었고 큰딸 마리아는 세 살, 둘째 남자아이는 갓 돌이 지났다. 요하난은 가족을 살리기 위해 이주를 결심했다. 그것이 가족을 죽음으로 인도하는 길일 수도 있다는 것을 알고 있었지만 그는 신을 믿었다. 신은 그의 믿음에 사랑으로 보답했다. 적합한 표현인지 모르겠으나 그들은 성공한 난민이었다.

그의 가족은 난민 캠프에 보내졌고, 반년의 시간을 그곳에서 지냈다. 시리아에서 전기 기술자로 일했던 그의 경력과 신의 가호 아래 그는 그리스 국적을 부여받을 수 있었다. 자신이 얼마나 신에게 사랑받고 있는지, 운이 좋은 사람인지 그는 후에도 잊지 않았다. 그는 일요일이면 자신보다 더 어려움에 처한 난민들을 돕는 데 망설이지 않았다.

그리스에 온 뒤 3년 만에 처음 맞는 휴가 시즌이었다. 큰딸 마리아는 여섯 살이 되었고 사내아이는 네 살, 시리아를 떠나올 때 엄마의 뱃속에 있던 막내딸은 두 돌이 지났다. 큰딸은 유치원에 다니기 시작했고 희랍어를 배웠다. 그리스에 살면서 희랍어를 배우는 마리아가 그들에게는 희망이고 생명이었다. 그리스에서 자랄 두 아이도 마찬가지였다.

시리아 내륙에 살았던 그의 가족은 아테네가 가진 천혜의 환경에 늘 감동받았다. 보통의 사람들보다 짧은 휴가였고 넉넉한 형편도 아니어서 휴가를 멀리 떠난다는 것은 생각할 수 없는 일이었다. 하지만 아름다운 해변이 그의 집 근처에 있었다.

그의 가족은 여름휴가 동안 매일 에덴 해변으로 나가서 물놀이를 했다. 아테네의 해변은 누구에게나 개방되어 있는 해변과 입장료를 내고 가야만 하는 곳이 분리되어 운영되었다. 그들은 돗자리와 비치 타월과 커다란 우산을 들고 자신들의 휴양지를 직접 꾸렸다. 목숨을 부지하기 위해 마음을 졸여야 했던 지난 수년의 기억이 아련하게 아테네 해변에 부서졌다. 모든 게 다 좋았지만 하나 해결할 수 없는 일이 있었다. 마리아가 좀체 바다에 들어가지 않으려고 하는 것이었다. 아무리 설득하고 타일러도 요지부동이었고 바다 앞에 서는 것 자체를 거부했다.

"마리아, 이렇게 즐겁게 노는 사람들을 좀 보렴. 동생 예수아의 즐거워하는 얼굴도 봐. 다른 사람들처럼 신나 있잖니."

"저는 바다가 싫어요. 무섭단 말이에요."

마리아의 얼굴엔 근심이 가득했다. 엄마 옆에 꼭 붙어서 떨어지려고 하지 않았다. 휴가 첫날에는 마리아와 실랑이만 하다가 하루가 저물었다.

둘째 날에도 상황은 마찬가지였다. 바닷가에 나가는 것 자체를 거부하고 떼를 쓰는 통에 좋은 자리를 놓치고 그늘도 없는 곳에 자리를 펴야만 했다.

"마리아, 나는 정말 이해할 수가 없구나."

"나는 아빠를 이해할 수 없어요."

"그게 무슨 말이니?"

"바다에 빠져서 나오지 못한 수많은 사람을 벌써 잊은 거예요? 저는 바다 앞에 서면 자꾸 그 사람들이 보여요."

　요하난은 몇 년 전의 일이 떠올랐다. 레바논에서 뗏목을 얻어 타고 지중해를 건너며 보았던 무수한 시체가 생각났다.

　"그 일을 기억하고 있는 거니? 나는 네가 너무 어리다고만 생각했었는데, 미안하구나."

　"다 기억나는 건 아니에요."

　요하난은 마리아에게 할말이 없었다. 그의 부인이 근심스러운 눈으로 그를 바라보았다.

　"당신은 알고 있었던 거야?"

　"아무리 이해를 시키려고 해도 방법이 없었어요."

　"마리아, 네 기억이 너를 고통스럽게 했겠구나. 그런 시련을 줘서 미안하구나."

　"아빠 때문이 아닌걸요."

　마리아는 어른스럽게 대답했고 요하난은 그런 딸에게 더 미안해졌다.

　"다른 것은 다 잊었는데 잊히지 않는 일이 있어요."

　"그게 뭔데?"

　"배가 부서져서 사람들이 바다에 둥둥 떠 있었는데 그들을 구해주지 않은 거예요. 그 사람들 모두 죽었겠죠?"

　요하난이 가만히 고개를 끄덕였다.

　"심지어는 우리 배로 오르려는 사람들을 악착같이 밀어냈어요. 다만 아빠는 그러지 않아서 얼마나 다행이었는지 몰라요."

　"네가 모든 것을 보고 기억하고 있다는 게 나는 너무 놀랍구나. 어른들이 부끄러워서 너에게 어떤 말도 할 수 없구나. 이런 얘기를 너와 할 줄 몰

랐어. 고작 여섯 살짜리 애일 뿐이라고 여겼는데. 나는 그게 너무 감동스
럽구나. 우리 딸이 벌써 이렇게 컸다니."

그가 검은 눈의 딸을 꼭 안았다. 마리아의 검은 눈동자가 반짝였다.

"혹시 바다에 빠지면 누군가가 나를 구해주지 않을까봐 두려워요. 바다
에 다시 밀어넣을까봐 무서워요."

"아빠가 있잖니. 내 목숨을 바쳐서라도 너를 꼭 바다에서 건져줄 테니
그런 걱정은 하지 마렴. 아빠를 믿어."

마리아가 작은 손으로 아빠의 목덜미를 꼭 안았다.

"바다에 들어갈 때 꼭 저를 안고 들어가주세요. 그럼, 용기를 낼 수도 있
을 거 같아요. 하지만 당분간만이에요. 멋있는 남자친구가 생기거나 더이
상 바다가 두렵지 않으면 혼자 수영할 거예요."

"물론이지, 마리아."

요하난이 웃으며 아이를 번쩍 들어올렸다. 딸을 꼭 안고서 천천히 바다
로 향했다. 그는 바닷가에 발을 담그고 부쩍 커버린 딸을 측은한 눈으로
바라보았다. 아이는 아빠의 목을 꼭 끌어안은 채 에덴의 해변을 바라보았
다. 누가 이 아이를 이렇게 성숙하게 만들었는지 햇빛 찬란한 바다가 요
하난은 처음으로 원망스러웠다.

태양으로 날아간 풍선

불가리아 소피아에서 온 소피아 베르바토프는 그리스에 온 지 반년이 지났다. 그리스 북부 도시인 테살로니키까지 버스로 세 시간 반, 아테네 까지 기차로 다섯 시간, 멀지 않은 거리였지만 그녀는 아테네까지 오는 데 6개월이라는 시간이 걸렸다. 같이 그리스에 왔던 그녀의 오빠 디미타르 는 얼마 전 불가리아로 다시 돌아갔다.

소피아 가족은 소피아 근교에서 감자와 콩, 옥수수를 재배하고 10여 마 리의 소와 20마리의 양, 3마리의 말을 키우며 살았다. 그들은 살면서 한 번도 어떤 것에 풍족했던 적이 없었다. 살림은 언제나 제자리였고 디미타 르와 소피아에겐 아무런 희망도 없었다.

도시는 작았고 그들에게 허락된 어떤 일자리도 없었다. 소피아는 미술 컬리지를 나왔지만 전공을 살려 취직을 하는 것은 무척 힘든 일이었고 도 시에서 학교를 마치자 그녀의 오빠처럼 농장 일을 돕기 위해 집으로 돌아왔다. 네 식구가 고되게 일을 해도 대가는 얄팍하기만 했다. 남매의 부모님은 부쩍 늙어갔고 두 남매가 감내해야 하는 일은 점점 늘어나기만 했다.

"아버지, 차라리 임금이 싸니 일꾼을 쓰는 게 좋겠어요. 대신 저희들이 그리스로 가서 돈을 벌게요. 그리스에는 큰 도시가 많으니 여기보다는 훨씬 사정이 나을 거예요. 자릴 잡게 되면 모시러 올게요. 곧 같이 모여 살 수 있을 거예요."

제안을 한 건 디미타르였다. 값싼 노동력의 불가리아에서 가족 모두를 위한 현명한 판단이었다.

"너희들에게 아무것도 해줄 게 없구나."

도시에서 대학까지 나왔지만 몇 년째 농장에서 젊음을 허비하는 아들을 보며 부모도 마음이 좋지 않던 터였다.

"아버지가 주신 사랑이면 충분해요. 그건 우리를 살게 하는 동력이라고요. 아버지 탓도 아니잖아요."

"항상 감사하게 생각해요."

소피아가 오빠의 말에 가만히 고개를 끄덕였다.

"소피아, 너도 꼭 가야만 하니?"

엄마가 눈물을 훔치며 작은 목소리로 말했다.

"분명 도시에 소피아와 제가 할 일을 찾을 수 있을 거예요. 제가 잘 돌볼 테니 엄마, 너무 걱정하지 말아요."

부모도 어찌할 도리가 없었다. 젊은 날에 가득 드리워진 절망과 가난이 모두의 발목을 잡았다. 부모로서 자식들에게 물려줄 수 있는 게 가난밖에 없다는 사실이 고통스러웠다. 대대로 농사를 지어왔던 그들은 급격하게 변화하는 시기에 어떤 준비도 없었고, 대응도 할 수 없었다. 1990년대 초반 공산주의 체제가 무너지며 모든 책임과 부채마저 개인에게 분배되었고 그 와중에 두 아이가 태어났다. 부모 세대도 걱정 없이 살았던 것은 아니었으나 체제 변화 이후보다는 그나마 나았다. 절대적인 가치를 부여받은 공산주의국가가 개인의 삶을 어느 정도는 보장했기 때문이다. 하지만 국가의 과부하된 공력은 결국 체제가 무너진 뒤 국민들이 각자 나누어 져야 했다. 그것은 준비되지 않은 자들에겐 너무나 가혹한 형벌이 되었다. 국가는 그렇게 말하는 것 같았다. '이제, 알아서들 살아라.'

그들은 고난을 떨칠 수 없었다. 현재의 어려움보다 더욱 그들을 고통 속에 몰아넣은 것은 미래에 대한 절망적인 상황이었다. 미래에도 나아지지 않을 거란 사실은 그들이 현재를 살게 하는 데 너무나 큰 고통이자 아픔이었다.

20여 년간 품었던 두 아이를 떠나보내던 날, 어머니는 끝내 앓아누웠다. 아버지는 버스 터미널까지 따라 나와 남매를 배웅했다. 낡은 오토바이를 옆에 세워두고 버스가 보이지 않을 때까지 손을 흔들었다. 남매는 점처럼 작아지는 아버지가 완전히 시야에서 사라질 때까지 차 안에서 손을 흔들었다. 둘은 마음을 굳게 다잡았다.

도시의 화려한 불빛은 사람들을 착각하게 만든다. 희망과 미래가 그 불빛처럼 환하게 비추는 듯 둘은 테살로니키에 도착해서 조금 들떴다. 하지만 테살로니키에서의 생활은 녹록지 않았다. 넘쳐나는 이민자들 사이에서 그들이 안정된 직업을 갖는다는 것이 불가리아에서 만큼 쉽지 않았던 것이다. 그나마 난민 자격을 얻은 아제르바이잔, 아프가니스탄, 알바니아 출신의 이민자들은 오히려 형편이 나은 축에 속했다. 그들은 준시민의 권리를 부여받아 국가에서 보장하는 기본적인 권리를 누릴 수 있었지만 불가리안에겐 그런 혜택이 주어지지 않았다. 불법 체류중인 많은 불가리안이 이미 거리에 있었다. 디미타르는 어쩔 수 없이 불가리아에서와 마찬가지로 그리스 북부 산악 마을의 올리브 농장이나 포도 농장, 토마토 농장에서 막일꾼으로 일을 했고 소피아는 웨이트리스로 두 개의 식당에서 아침저녁으로 일했지만, 상황이 불가리아에서보다 낫다고 할 수 없었다. 그들에겐 불가리아에서와는 달리 집이 필요했고, 매일 끼니를 걱정해야 했기 때문이다.

"나는 돌아가기로 결심했어, 소피아. 도시에선 버는 것만큼 써야 하는 돈이 너무 많아. 언제나 제자리야."

결국 6개월 만에 디미타르는 귀향을 결심했다. 아무래도 부모님이 걱정되기 때문이기도 했고, 집으로 돈을 보내지 못할 바에야 가족 농장 일을 돕는 게 훨씬 낫다는 판단이 섰기 때문이다. 그리스의 도시는 컸지만 그만큼 사람들도 많았고 일자리 경쟁도 치열했다.

"우리에게 남은 돈이 이것뿐이라는 게 절망적이야."

디미타르가 반년간 모은 돈을 소피아에게 건넸다.

"여자는 상황이 좀 나은 것 같아. 넌 여전히 아름답고 예쁘잖니. 더 큰 도시에서는 널 필요로 하는 일이 분명 있을 거야."

소피아는 오빠와 헤어지는 것이 서운하고 혼자 남는 게 겁이 나서 오빠를 따라 집으로 돌아가려 했지만 디미타르는 그녀를 말렸다.

"농장으로 돌아간다고 해도 네가 할 수 있는 일이 없다는 걸 알잖아. 그리스에 남아서 성공해. 네가 가족을 잊지 않는다면 곧 좋은 날이 올 거야. 넌 착하고, 아름답잖니."

오빠가 불가리아로 돌아가던 날, 그녀는 아테네행 기차에 몸을 실었다. 오빠가 아테네에 있는 친구에게 연락을 해놓아서 막막함은 덜했지만 불안감은 사라지지 않았다.

"흐리스토 페트로프에게 부탁을 해놓았으니 소피아, 큰 걱정은 하지 않아도 될 거야. 나와 대학 내내 붙어 지낸 친구라고. 그 친구도 형편이 좋진 않겠지만 그래도 아테네에서 지낸 지 몇 년이 흘렀으니 무슨 방도를 찾아줄 거야. 전화하는 게 쉽지는 않겠지만 그래도 자주 연락하렴."

걱정하는 소피아를 오빠가 다독이며 배웅했다. 작별하며 그녀는 울지 않으려 애썼지만 허사였다. 그녀는 눈물을 감추기 위해 빠르게 돌아서서 기차에 올랐다. 천천히 멀어져가는 기차를 오빠가 오랫동안 따라오며 손을 흔들었다. 그녀는 눈물이 나와서 떠나가는 오빠의 모습을 똑바로 쳐다보지도 못했다.

아테네에서의 생활은 테살로니키와 마찬가지로 모든 것이 그녀가 기대했던 것과는 반대였다. 오빠를 따라 고향으로 돌아가는 게 현명한 일이었을지도 몰랐다. 오빠에게 들었던 흐리스토는 이미 다른 사람이 되어 있었다. 팍팍한 삶이 그를 그렇게 변하게 했다고 하더라도 소피아는 그를 이해할 수 없었다. 디미타르와 그녀가 6개월 동안 모은 돈은 일자리 소개와 방을 구한다는 명목으로 하루 만에 모두 흐리스토에게 빼앗겼다. 소개받은 일자리도 오모니아 스트립 바에서 비키니를 입고 이민자들을 상대로 서빙을 보는 일이었다. 그녀는 오빠에게 이 모든 사실을 말할 수 없었다. 결국 그녀는 며칠 만에 그곳을 나왔다. 오모니아에 얻은 쪽방에서 쫓겨나지 않은 것을 다행이라 여겨야만 했다. 그마저도 한 달치 방세밖에 지불하지 않아서 당장 다음달 방세를 구해야만 했다.

"넌 운이 좋은 아이야. 옛 친구와의 정을 생각해서 너를 팔아넘기지 않은 걸 감사해야만 해, 소피아. 이곳은 우리가 꿈꿔온 그런 곳이 아니야. 이민자들에겐 똑같이 힘든 곳이라고. 날 원망하지 말아다오. 네가 준 돈은 이미 널 내보내는 조건으로 그들에게 지불했어."

그가 한 말은 사실이었다. 일했던 바에서 몸을 파는 여성 대부분이 그녀와 비슷한 경우였다. 서빙을 보다가 감당하지 못할 생활고로 매춘에 뛰어들었고, 결국 창녀가 되어서 구시내를 잠식하고 있는 러시아계 마피아의 영향력을 벗어나지 못하게 되었다. 짧은 시간 안에 인생의 나락으로 떨어진 여자들을 소피아는 그곳에서 목격했다.

"하지만 당신은 그런 것을 처음부터 사실대로 말해야 했어요."

흐리스토를 원망할 수 없었던 이유는 그의 삶도 피폐해질 대로 피폐해져 어떤 희망도 없었기 때문이다. 소매치기나 도둑질을 하지 않고 살고 있는 것만으로 다행이라고 여길 정도였다. 흐리스토가 다른 일자리를 알아봐주겠다고 했지만 그녀는 다시 그를 만날 생각이 없었다.

소피아는 직접 시내의 많은 식당과 카페를 일일이 찾아다니며 일자리를 구했지만 아무 근거 없는 그녀를 받아주는 곳은 없었다.

"이거라도 팔아볼래?"

한 식당의 웨이터가 그녀에게 말을 걸었다. 일자리를 구하러 다닌 지 3일만이었고, 아테네에 온 지 일주일째였다.

"너를 3일째 보는 것 같아. 시내에 일자리는 없어. 혹시 오늘도 널 보게 되면 주려고 구해놓은 거야."

그가 측은한 눈으로 그녀를 바라보았다.

"나는 우크라이나에서 온 지 2년 됐어. 네 모습이 꼭 처음의 날 보는 것 같다. 네 표정에 얼마나 근심이 가득한지 모르지? 작은 도움만 있으면 견딜 수 있는데 말이야."

"난 돈이 없어."

그녀는 남자가 들고 있는 풍선 한 묶음을 쳐다보며 울상이 되었다.

"넌 내게 10유로를 빚진 거야."

그가 그녀에게 풍선을 건넸다. 20개의 형형색색 풍선이 하늘로 도망가려 안간힘을 썼다. 그녀는 터지려는 울음을 꾹 참았다.

"지낼 곳은 있는 거야?"

"응, 오모니아에서 지내고 있어."

"대부분의 이민자가 도시에 들어오면 지내는 곳이지. 이곳 현지 사람들은 이제 그곳을 버렸거든. 돈을 조금 벌게 된다면 더 나은 곳으로 옮길 수 있을 거야. 아테네 남쪽으로 말이야."

"맞아, 그곳에는 중국인들과 이민자들밖에 없어. 사창가와 그곳을 드나드는 남자들뿐이야."

"이 풍선을 다 판다면 넌 30유로를 벌 수 있을 거야. 하루에 그 정도를 팔 수 있다면 벌이가 아주 나쁜 것은 아니라구."

"고마워. 난 소피아야."

"난 비아체슬라프 렌이야. 그냥 비아라고 불러."

"오늘 뭘 좀 먹었어?"

"아니, 아직. 실은 어제도 한끼도 못 먹었어."

"빵과 올리브유를 좀 줄게."

그녀는 도시에 온 후 처음 받아보는 온정에 흐르는 눈물이 멈추지 않았다.

"모두 네가 가진 아름다움과 착함에 대한 배려이니 미안해하지도 말고, 고마워할 필요도 없어."

"고마워. 꼭 잊지 않을게."

그렇게 그녀는 비아의 도움으로 풍선을 파는 아가씨가 되었다. 그녀는 모나스티라키에서 에르무, 신타그마 광장에 이르는 넓은 거리를 열심히 누볐다. 반나절을 그렇게 돌아다니자 2유로 하는 풍선 3개를 팔았다. 햇빛이 강렬해진 오후가 되자 그녀는 아테네 남부 해변으로 트램을 타고 갔다. 천장에 몰린 캐릭터 풍선들로 트램 안의 사람들은 즐거워했다. 사람들이 즐거워하는 모습을 보자 조금이나마 위안이 되었다.

해변에선 오후 내내 풍선 2개를 팔았다. 걱정 가득했던 그녀의 표정이 좀 누그러졌다. 그는 2유로를 주고 빵과 물을 사 먹었다. 잠깐이라도 쉴 때면 가족이 떠올랐다. 때마다 돌아가고 싶은 마음이 커졌지만 그녀는 차분하게 그런 마음을 바깥으로 밀어냈다. "오늘 풍선 20개를 팔아야 돼, 소피아." 그녀는 혼자 중얼거렸다.

오후가 되자 그녀는 시내로 돌아와 더욱 열심히 거리를 누볐다. 관광객이 많은 아크로폴리스 언덕과 플라카, 다시 시장과 쇼핑가인 모나스티라키, 키시아를 걸으며 그녀는 쉬지 않고 강력한 태양 아래 부푼 희망을 열심히 팔았다. 아주 천천히 해가 서쪽으로 허물어지고 있었다. 관광객들이 붐비는 모나스티라키에서 키시아로 연결된 시장에 들어섰을 때 누군가가 그녀의 팔을 툭 쳤다.

미처 잡을 새 없이 풍선이 흩어지며 하늘로 날아올랐다. 관광객들은 가던 길을 멈추고 하늘로 제각기 길을 찾아 떠나는 아름다운 풍선들의 비행을 바라보았다. 동시에 그녀는 울음이 터졌다.

"여긴 내 구역이야. 다른 데로 꺼지라고."

그녀는 겁이 나서 똑바로 그 남자의 얼굴을 바라보지도 못했다. 그녀는 흐르는 눈물을 재빠르게 훔치며 자리를 피했다. 걸으며 자꾸 뒤돌아보았다. 자기 손을 떠난 풍선을, 뜨거운 줄 모르고 태양을 향해 다가가는 풍선을 그녀는 올려다보았다. 강렬한 태양이 눈물에 어렸다.

그녀는 눈물을 훔치며 그나마 비아에게 갚을 10유로가 있어서 다행이라고 생각했다. 어떻게든 견뎌야 한다고 그녀는 많은 관광객을 지나치며 다짐했다.

켄트로의 유물

카페 켄트로καφενείο Κεντρο* 의 아침 풍경은 언제나 비슷했다. 주인인 시프로스는 아침 7시 50분에 가게에 나와 문을 열었다. 새벽까지 영업을 한 탓에 아침은 늘 힘들었다. 그는 이제 마흔이 되었는데 아직 단단한 몸과 멋진 턱수염을 가진 사내였다. 그가 삼촌에게 카페를 물려받은 것이 스물다섯 살 때였으니 올해로 카페를 운영한 지 15년째였다. 삼촌은 작은할아버지에게 카페를 물려받은 것이어서 카페 역사만 보면 60년이 다 되어갔다.

지난밤엔 미용실을 하는 아프로디테가 많이 취했다. 남편인 아리아스 기게로스가 아리안계의 모로코 여인과 함께 그녀를 떠난 뒤 그녀의 우울증은 날이 갈수록 심해지고 있었다. 그녀는 아직 젊은 나이임에도 어떻게 남은 인생을 설계해야 할지 알지 못해서 우왕좌왕했다. 그녀는 일이 끝나

---

* centre.

는 저녁 아홉시 전후부터 새벽까지 거의 매일 켄트로에서 술을 마셨다. 대부분이 남자 손님인 켄트로에 아프로디테는 유명한 단골이었다.

"아프로디테, 많이 취했으니 맥주나 와인을 마시는 게 좋겠어. 물을 마시는 게 더 좋겠지만 넌 말을 듣지 않을 거지?"

"치프로* 한 병 더 줘. 아니, 라코멜로**가 좋겠어. 마지막으로 한잔하기엔."

"너에게 줄 치프로나 우조는 없어, 이제. 오늘 영업은 끝났어. 대신 물을 마신다면 맛 좋은 화이트와인 한잔은 줄 수 있어."

그녀는 시프로스가 시키는 대로 시원한 물을 들이켰다. 눈을 껌뻑이며 억지로 끝까지 그가 따라준 물을 다 마셨다.

"물 마셨으니까 라코멜로를 당장 대령해."

아프로디테는 카페 주인인 시프로스에게 의지했다. 그녀는 그를 사랑했다. 하지만 둘은 오랫동안 그냥 알고 지낸 사이여서, 이미 서로를 사랑하고 있었으나 새롭게 사랑을 시작하는 게 어색하고 낯설었다. 그리고 동시에 그녀는 자신을 떠난 남편을 그리워하고 있었다.

시프로스도 떠난 그녀의 남편 때문에 그녀를 대하는 게 자연스럽지 못했다. 그저 그녀를 지켜보는 일이 그가 할 수 있는 최선이었다. 그녀는 매번 술을 마시다가 바에 엎드린 재 그대로 잠이 들어버리곤 했다. 그는 카페 영업이 끝날 때까지 그녀를 그렇게 내버려두었다. 카페 안은 엄청 시끄러웠지만 그녀는 엎드린 채 영업이 끝날 때까지 그렇게 있었다.

---

* 우조와 비슷하지만 조금 더 고급스러운 증류주.
** 그리스 전통주인 우조에 꿀을 탄 술. 겨울에는 뜨겁게 데워 먹기도 한다.

"미의 여신이 오늘도 전사했구만."

"디오니소스 원래 이름이 아프로디테였을 거야."

그녀를 잘 아는 오랜 단골들은 카페를 나설 때, 취해서 쓰러진 그녀를 보며 농담을 남기곤 했다.

시프로스는 돌볼 사람이 없는 어린아이를 옆에 재운 채 일하는 기분이 들곤 했다. 그는 서빙을 하다가 문득 그녀가 잘 자고 있는지 가까이 다가가서 바라보곤 했다. 그녀는 카페가 문을 닫을 때까지 그렇게 엎드린 채 그대로 있었다.

그는 엉망으로 취한 그녀를 집까지 데려다주어야만 했다. 자고 난 뒤라 그녀의 상태는 한결 나아진 것처럼 보였지만 숙취 때문에 머리가 아픈지 손으로 계속해서 머리를 감쌌다. 그녀의 집은 에프라노Ευφράνορος 언덕길 끝 프로피티스 이리아스Προφήτης Ηλίας 교회 근처에 있었다. 그녀는 부축하는 그의 손을 뿌리치고 혼자 앞서 걸었고 시프로스는 몇 발짝 떨어져서 그녀를 조용히 따랐다. 그녀의 집까지 함께 걸어갔을 때 둘은 어떻게 작별해야 할지 서로 난감해하곤 했다. 지난밤에도 집 앞에서 그녀는 잠시 주춤했으나 인사도 없이 들어갔다. 그는 그녀의 집 앞 공원에 한참을 앉아 있었다. 에프라노 언덕길을 내려오며 그는 친한 친구였던 그녀의 남편을 떠올렸다. 그의 집이 있는 아리아누Αρριανού로 향하며 그녀의 남편과 나누었던 작별을 생각했다.

"아프로디테는 너를 사랑해. 오래된 일이야. 그녀를 잘 돌봐줘."

모로코 여인을 뒤에 세워둔 채 그녀의 남편 아리아스 기게로스가 말했고 시프로스는 말없이 고개만 끄덕였다. 시프로스가 손을 내밀었고 아리아스 기게로스는 악수를 한 뒤 그를 꼭 껴안았다. 사랑하는 여인과 모로코로 간 그에게서 연락은 없었다. 아내인 아프로디테에게도 마찬가지였다.

아프로디테는 아직도 남편을 기다렸고 동시에 시프로스를 사랑했다. 그도 그런 그녀의 마음을 잘 알고 있었다.

술을 그렇게 많이 마시고 난 뒤면 며칠은 그녀의 모습을 볼 수 없었다. 안부가 궁금해질 때쯤, 그녀는 다시 카페에 나타났다. 그사이 둘은 연락하는 경우가 거의 없었다.

"이젠 사람들이 머리를 자르지도 않아. 아무리 경기가 나쁘다고 하더라도 이건 너무한 것 같아."

며칠 뒤 그녀는 불평을 늘어놓으며 카페로 들어설 것이 분명했다. 그때까지는 그녀가 궁금해도 그는 참아야만 했다.

시프로스는 멍하니 지난밤의 일을 떠올리며 가게 밖, 이른 아침 풍경을 바라보았다. 에스프레소 머신이 예열되는 소리가 조용한 카페를 소란스럽게 만들었다.

다행히 오후에는 카페 문을 닫고 해가 질 때까지 쉴 수 있었다. 아침에는 손님이 많지 않지만 매일 들르는 단골이 여럿 있었다. 점심때가 되면 문을 닫았고 태양의 위력이 한풀 꺾일 때 즈음 가게를 다시 열었다.

카페를 오픈하고 에스프레소 머신 예열을 마치면 아침 여덟시가 되었다. 정확히 그 시간이 되면 카페 맞은편에서 전파상을 했던 필리포네스 씨가 제일 먼저 카페에 들어섰다. 그는 60년 동안 한곳에서 전자제품을 수리하는 일을 했다. 지금은 은퇴해서 하루하루 무료한 날을 건디고 있다. 턱을 감싼 은빛 턱수염이 아침 햇빛을 받아 더욱 반짝였다.

이른 아침이었지만 태양은 이미 하늘 한가운데 떠 있었고 위세가 등등했다. 그는 언제나 창에서 멀찍이 떨어진 구석자리에 앉아서 거리를 지나는 사람을 오전 내내 바라보았다. 신문 같은 것을 보는 일도 없었다. 입을 굳게 다물고 거리에 시선을 고정한 채 가끔 혼잣말을 하는 게 전부였다.

"이보게, 방금 지나간 여자가 줄리아 맞는가? 세상에나 이제 너무 늙어버려서 다른 사람이 된 것 같군."

구석자리에 앉아서 가끔 거리를 지나는 동네 이웃의 안부를 시프로스에게 묻거나 혼자서 하는 말이 그의 기쁨이었다. 그러곤 아주 가끔 길 건너 평생을 일한 전파상을 침묵으로 바라보곤 했다. 그곳은 오랫동안 방치된 그대로였다. 가게를 내놓았지만 아무도 그곳에서 장사를 하려는 사람이 없었다. 건물이 그처럼 낡았고 상권도 별로인 한적한 주택가였기 때문이다. 전파상 옆에 있던 세탁소는 없어지고 빈 상점으로 남은 지 10년쯤 되었고, 그 옆에 있던 담뱃가게는 아직 그대로였지만 오래된 단골 몇을 빼곤 그곳을 찾는 사람이 드물었다.

"이제 이 거리에서 예전 그대로인 곳은 이곳 한곳뿐이야. 다 늙고 낡아서 사라졌어."

그는 혼잣말을 했다. 장사를 하지 않았지만 오랫동안 알아온 이웃들이 아주 가끔 전파상을 찾았다. 대부분은 수십 년을 사용한 고물을 수리하기 위해서였지만 시력이 나빠진 필리포네스 씨에게는 그마저도 버거운 일이었다. 점점 그를 찾는 손님도 사라져갔다. 이젠 그를 알던 동네 사람 모두가 늙고 병들었다. 그도 마찬가지였다.

그의 아내는 5년 전에 피부암으로 죽었고 두 아들과는 연락이 끊긴 지

3년이 지났다. 큰아들 키키로스는 아시아 어딘가로 떠났고 둘째 아들 기게리아는 이태리 베니스로 간 뒤로 연락이 없었다. 2차 구제금융 기간에 두 아들은 일자리를 잃었다. 큰아들은 문화예술 공무원으로 일했고 작은 아들은 환경 분야의 공무원이었다. 두 아들은 정부의 구조조정을 피할 길이 없었다.

시프로스가 에스프레소 프레도를 노인에게 건넸다.

"이곳에서 제일 먼저 맛보는 커피를 난 누구에게도 양보할 수가 없단 말이야."

필리포네스 씨가 말했고 시프로스는 빙긋 미소 지었다.

"이 카페가 문을 열던 날부터 난 하루도 들르지 않은 날이 없어. 내가 오지 않는 날이 나의 장례식이겠지. 자네 작은할아버진 참 좋은 사람이었어. 그의 아들, 자네 삼촌도 마찬가지였고 말이야. 이름이 뭐였지?"

필리포네스 씨는 매일 같은 말을 했지만 시프로스는 처음 듣는 것처럼 그의 말을 받아주었다.

"키로스요."

"그는 카페를 운영하는 걸 싫어했다네. 항상 어딘가로 떠나고 싶어서 안달이었지."

"맞아요. 그는 결국 떠났고 그래서 세가 온 거잖아요."

"키로스는 지금 어디에 있다던가?"

"동남아시아 어딘가에 있을 거예요. 베트남이나 타이 같은 곳이요."

"정말, 다행이야. 자네가 이 동네에 없었다면 무료한 노인들은 몇 블록을 걸어서 시내에 나가야만 했을 거야. 페나데나이크 스타디오Παναθηναϊκό

Στάδιο를 지나 자피오Ζάππειο*를 지나서 말일세. 어쩌면 국립정원Εθνικός Κήπος을 가로질러 콜로나키까지 가야 할 수도 있어. 한여름 뜨거운 태양을 머리 위에 지고 아픈 다리를 이끌고 말이야. 자네의 커피는 우리 인생의 풍요로움 중 하나라고."

"고맙습니다. 오래오래 건강하게 사세요. 매일 제 커피를 드시면서 말이에요. 아들들에게는 오늘도 연락이 없었나요?"

노인은 은빛 턱수염을 쓰다듬으며 고개를 절레절레 흔들었다.

"죄송하군요."

"아니야. 아들들 안부를 물어주어 고맙군."

아침을 여는 둘의 대화는 매일 비슷했고 하루를 여는 절차였다.

"자네도 얼른 가정을 꾸리게. 가족이 없으면 남자들은 방랑밖에 할 게 없는 거라구."

매일 필리포네스 씨는 시선을 멀리 두고 오전 내 구석진 자리에 앉아 있었다. 그는 오랫동안 그 자리를 지키고 있는 아테네의 흔한 고대 유물 같았다.

---

* 아테네 시내에 있는 국립정원.

숨이 가라앉자 숲의 소리가 들려왔다

한국인 H는 사업 도모차 그리스에 왔다. 잠깐 단기적인 사업을 준비하러 온 것이 아니라 가족들을 데리고 이민을 고려하고 있었다. 이제 오십대 중반이 된 그는 재작년 명예퇴직을 하고 동네에서 2년간 치킨 가게를 운영했다. 손쉬워 보였던 치킨 가게는 그의 생각처럼 쉬운 사업이 아니었다. 그는 해운회사를 20년 넘게 다녔던 터라 자신이 맡아온 업무 외엔 이렇다 할 사회 경험도 전무했고 특히 동네 치킨 가게는 이미 포화 상태에 이르러 경쟁 또한 치열했다. 버텨낼 재간이 없었다. 결국 그는 2년을 버티지 못하고 투자한 돈을 거의 다 까먹은 뒤 가게를 접었다. 그가 마지막으로 손에 쥔 것은 고물로 처리할 수밖에 없는 주방기구와 튀김기 같은 것들뿐이었다.

그나마 다행인 것은 치킨 가게에 자신이 가진 모든 것을 투자하지는 않았다는 것이었다. 그도, 아내도 망할 거라는 예감을 가지고 있었는지 몰랐다. 그에겐 퇴직금으로 받은 돈이 꽤 남았고, 그 돈을 증시에 투자해 치킨 가게로 잃은 돈을 어느 정도 만회했다. 살고 있는 자신 소유의 집도 있어서 이민을 고려하는 중이었다. 그는 무슨 사업이든지 한국에서는 아무런 승산이 없다고 믿었다. 한국을 벗어나기만 한다면 막연하게 뭐든 잘될 것 같은 느낌이었다. 두 아이는 모두 예민한 때였고, 둘 다 모두 공부에는 취미를 접은 지 오래여서 오히려 아이들에게도 더 나은 기회가 될 거란 확신이 들었다.

"그래, 떠나자."

그는 아침에 일어나면 되뇌었고 이번엔 치킨 사업의 실패를 교훈 삼아 차근차근 준비를 했다. 어느 곳으로 이민을 갈 것인지 그는 신중을 기했다. 한국인들이 이민을 많이 시도하는 캐나다, 호주, 미국부터 중국을 비롯한 동남아시아, 유럽 등 그는 몇 달 동안 정보를 찾고 사람들의 경험을 모았다. 그렇게 그가 아내와 함께 최종적으로 결정한 곳이 그리스와 포르투갈이었다. 두 곳의 공통점은 관광지로서 이점이 있고 국가재정위기에 봉착했다는 것이었다. 재정 위기는 오히려 기회일 수 있고 한국인에게 아직 개발되지 않은 관광 인프라가 존재한다는 게 매력적이었다. 결국 H가 투자할 수 있는 일이라는 게 한국 사람들을 대상으로 한 것 말고는 없다는 판단이 이민지를 결정하는 중요한 이유였다.

한국에서 출발한 것이 두 달 전이었고 포르투갈을 거쳐 그리스로 넘어왔다. 포르투갈에 있던 두 달간 어려움이 많았다. 사람들의 기질, 가난과 이민 정책 등이 H의 가족들이 정착하는 데 쉽지 않아 보였다. 무엇보다 교육, 의료와 같은 사회 시스템이 후진적인 틀을 벗어나지 못한 게 마음에 걸렸다. 또 이민 정책에 있어서도 불안한 요소들이 많았다.

그리스는 달랐다. 의료와 교육과 기본 권리가 잘 보장되어 있었고, 재정 상황이 좋아 보이지는 않았지만 아직도 합리적인 사회적 약속이 건재한 듯 보였기 때문이다. 포르투갈과 비교하니 더욱 그리스의 매력이 더해 보이는 게 사실이었다. 몇 주 지나지 않았지만 H와 아내는 그리스로 점점 마음이 기울고 있었다. 단, 그들이 두려워하는 것은 치안에 관련된 문제였다. 관대한 이민 정책으로 난민들이 많아진 게 어쩐지 마음에 걸렸다. 특히 이민 정책이 몇 해 전 대폭 개정되어 얼마만큼의 투자가 약속되면 영주권이 부여되었다.

한국을 떠나오기 전 H는 그리스에 대한 정보를 알아보던 중 치안이 불안하다는 말에 잔뜩 겁을 먹고 이민을 포기하려 했다.

"강도떼가 들끓는대요. 시내에 오모니아라고 있는데 그곳을 이민자들이 점령해서 마약 소굴이 되었다니 조심하세요."

몇 해 전까지 아테네의 한인 교회에 전도사로 있었다던 사람과 어렵게 연이 닿아 얻은 정보였다.

"특히 밤에 돌아다니면 안 된대요."

부부는 잔뜩 겁을 먹은 채 그리스에 들어왔지만 우려했던 바와는 달리 평온한 모습이었다. 다만 아테네의 밤을 경험해보지 못한 터라 그들의 우려와 걱정은 여전했다.

그들은 근대 올림픽경기장 뒤편에 집을 얻고 낮에만 외출을 하고 해가 지기 전 돌아와 밤에는 집에서 꼼짝도 하지 않았다. 그러던 중 H는 난감한 저녁 약속이 생겼다. 아테네에 거주하는 한인들을 수소문하여 자문을 구하고 도움을 얻기 위해 하루하루 바쁜 날을 보내고 있던 중 한 저녁식사에 초대받은 것이다. 여름 아테네의 저녁식사는 밤 열시에 시작해서 열두시경에 마무리되는 게 보통이었다. 그는 한밤중에 무슨 저녁을 먹는다는 것인지 이상하기만 했다.

H는 아테네에 온 지 2주 만에 처음 저녁 외출을 했다. 시내 중심가인 에르무 뒤편 미트로포레오스Μητρόπολεως 가에 위치한 한인 식당에서 한인 식당과 게스트하우스를 하는 한인 몇과 만났다. 그들과의 저녁식사에서 그는 많은 것을 배울 수 있었다. 거의 모두가 그리스로 이민 온 지 20년이 훌쩍 넘은 이민 1세대들이었다. 뭔가 어색함을 감출 수 없는 부분도 없지 않았으나 어디나 사람 사는 곳이 다 비슷비슷하다고 그는 여겼다. 가장 놀랐던 것은 그들 모두가 정치적으로 굉장히 보수적인 성향을 지니고 있다는 것이었다. 그들은 그리스의 이민 정책을 강하게 비판했고 그리스 정부가 채무국에 취하고 있는 정책에 비판적이었다. 그들이 말하는 그리스 정부가 국가부도사태를 극복하기 위해 취한 정책에 대한 평가는 H가 공부한 것과는 다른 의견들이었다. 열두시경이 되자 사람들은 다음 약속을 기약하며 빠르게 흩어졌다.

그는 저녁식사 값을 재빠르게 계산했다. 먹은 것도 시원치 않았는데 예상한 금액보다 두 배 가까이 나와서 놀랐다. 그리스의 물가가 생각보다 비싸지 않아서 은근히 기뻤는데 한인 식당의 음식값은 여느 식당 두 배에 가까웠다.

"메뉴판 좀 봅시다."

혹시 계산이 잘못된 것이 아닌가 싶어 메뉴를 확인해보니 음식값이 현지 식당에 비해 많이 비쌌다. 그렇지만 이것도 일종의 투자라고 생각하고 H는 흔쾌히 계산을 했다.

"집이 바로 근처지? 잘 들어가고 또 보자고. 오늘 저녁 잘 먹었어."

게스트하우스를 운영한다는 K가 맨 마지막으로 그와 헤어졌다.

일행과 헤어지자 H는 막막해졌다. 잠시 잊고 있었던 겁이 잔뜩 몰려왔다. 갑자기 모든 것이 위험하게 생각됐다. 그는 큰마음을 먹고 택시를 잡았다.

"아리누, 칼리마르마로, 스튜디오."

그는 외워두었던 집 근처를 큰 소리로 외쳤다. 기사의 반응이 시큰둥했다. 자기 말을 못 알아듣는 줄 알고 그는 연신 여러 단어를 외쳤다. 오는 택시 모두 그의 승차를 거부했다. 시간은 계속 흘렀고 택시는 계속 그 앞에 섰다가 지나쳐갔다.

"너무 가까워. 그냥 걸어가는 게 나아."

한 기사가 영어로 말한 것을 그는 운 좋게 알아들었다. 직선거리로 7백여 미터였고 걸어도 1킬로미터 남짓한 거리였다. 그도 집에 가는 길을 물론 알고 있었지만 걸어가는 게 찜찜했다. 허리 백 안에 들어 있는 현금과 신용카드가 새삼 불길한 징조처럼 느껴졌다. 하지만 방법이 없었다. 어떤 길을 신댁힐 것인기 히는 문제만 남았다. 첫번째, 자피오를 피해 돌아가는 길이 하나 있었고 두번째, 의사당을 끼고 둘러 가는 길이 있었고 마지막으로 국립정원Εθνικός Κήπος을 가로질러 가는 방법이 있었다. 하지만 모두 문제가 있었다. 첫번째는 인적이 드물고, 두번째는 두 배 이상 거리가 멀고, 세번째는 정원 안이라 가로등도 없고 울창한 숲에 싸여 있었다. 가장 빨리 집에 도착하는 방법은 정원을 가로질러 가는 것이었다. 어차피 불안한 치안이라면 어느 길로 가도 그게 그거란 생각이 들었다.

"무슨 일이 생기면 그냥, 운이라고 여기자."

그는 다짐이라도 하듯 소리 내어 스스로에게 말했다. 현금을 나누어 양말 안에 구겨 넣었고 신용카드는 빼서 속옷에 넣었다. 그러곤 뛰다시피 정원을 가로질러 걷기 시작했다. 옆을 바라보지도 않았고 어떤 망설임도 없이 앞만 보고 걸었다. 귀를 쫑긋 세우고 무슨 소리가 나지 않나 긴장을 늦추지 않았다.

5분도 되지 않아 온몸이 땀으로 범벅이 되었다. 정원 안으로 깊이 들어오자 많은 사람이 한가로이 산책을 하고 있었다. 어린아이와 엄마, 젊은 연인들, 노년의 부부가 아주 천천히 울창한 숲을 느끼고 있었다. 그는 숨을 헐떡이며 걸음을 멈추고 이상한 광경이라도 본 것처럼 그들을 바라보았다. 숨이 가라앉자 숲의 소리가 들려왔다. 처연한 새 울음소리가 어디선가 들려왔고 달을 삼킨 사이프러스 사이로 선선한 바람이 불어왔다. 그는 자신이 예상한 것과 다른 이질감에 사로잡혔다. 걸을 때마다 속옷에 넣은 신용카드가 자꾸 걸리적거렸다. 양말에 접어넣은 지폐가 땀에 젖었다. 그는 아주 천천히 걸으며 집으로 향했다. 그가 우려한 강도는 어디로 사라진 걸까.

이제 가족들은 헤어지지 않을 거야

크레타 섬 레팀노Ρέθυμνο 갈로스Γάλλος 출신의 소피아는 이제 열두 살이 되었다. 그녀에게 남은 가족은 두 살 어린 남동생과 아버지가 전부였다. 그녀의 어머니는 그리스 북부 이오안니나의 작은 마을 출신이었는데 남동생을 낳다가 죽었다. 그녀의 어머니는 선천적인 꼽추였다. 죽은 어머니가 낳은 남동생도 꼽추였다. 남동생은 상태가 점점 더 안 좋아져서 열 살이 되던 해부터는 일어서는 것조차 힘들었다. 이제 앞을 똑바로 보고 걷는 것이 불가능해졌다. 소피아의 아버지도 장애인이었다. 한쪽 다리를 심하게 절었다. 목발을 짚지 않으면 똑바로 선 수가 없었다. 목발을 짚고 걸을 때마다 한쪽 다리가 허공에 뜬 채로 흔들렸다. 할머니의 말로는 그녀의 아버지가 갓난아기였을 때 감기를 심하게 앓고 난 뒤부터 그렇게 됐다고 했다. 뇌수막염 같은 것에 걸렸을 수도 있지만 정확한 진단을 받아본 적은 없었다.

크레타 출신의 아버지와 이오안니나 출신의 어머니가 만난 곳은 아테네의 한 단체였다. 둘은 서로 사랑에 빠진 채 헤어져야 했다. 크레타로 돌아온 아버지는 곧 이오안니나의 어머니를 다시 찾아가 그곳 호숫가에서 청혼했다.

"그렇게 평온한 물은 정말 처음 보았단다. 너의 엄마처럼 말이야."

그녀의 아버지는 어머니가 생각날 때면 말하곤 했다.

"엄마의 눈은 멈추어 있는 물 같았단다. 네가 엄마의 눈을 쏙 빼닮았지."

잔잔하고 고요한 호수를 처음 보고 돌아온 아버지는 잔뜩 상기되어 있었다고, 할아버지가 소피아에게 여러 번 말해주어 그녀도 잘 알고 있는 얘기였다.

소피아의 아버지와 어머니는 아버지의 고향인 크레타에 신혼살림을 차렸다. 아버지의 가족들이 모두 모여 살고 있었기 때문이다. 할아버지와 할머니, 아버지의 형제들과 그들의 가족들도 갈로스에서 올리브 농사를 지으며 살고 있었다. 두 사람 모두 불편한 몸을 도와줄 사람들이 필요했고 가족들은 불편한 몸의 아버지와 어머니를 사랑으로 보살폈다. 어머니의 죽음으로 불행이 더 커지는 듯했지만 가족들은 책임감과 사랑으로 소피아 가족을 대했다.

꼽추도 아니고 뇌성마비도 아닌 사람은 소피아 혼자뿐이었다. 그녀는 지금도 어리지만 더 어렸을 적부터 아버지와 남동생의 손과 발이 되어야만 했다. 그래서 그녀는 일찍 철이 들 수밖에 없었다. 소피아는 남동생에게 다정한 누나였고, 아버지에겐 헌신적인 어린 딸이었으며, 할아버지와 할머니에게는 더없이 기특한 손녀였다. 어린 그녀는 농사일을 돕지 못하는 아버지를 대신해 종종 삼촌들의 올리브 농장에서 일을 했고, 어린 사촌들을 돌보기도 했다.

평온한 일상이 깨진 것은 몇 년 전이었다. 그녀의 대가족은 레팀노를 떠나 크레타 헤라클레온Ηράκλειο으로 모두 이사를 하게 되었다. 아버지의 형제들이 할아버지와 할머니가 돌아가시자 몇 대에 걸쳐 올리브 농사를 짓던 땅을 팔고 시내에 호텔을 짓는 사업에 뛰어들었기 때문이다. 그러나 헤라클레온으로 이사한 지 얼마 되지 않아 수백 년, 아니 더 오래 지속되어왔던 그들 가족의 영화는 폭삭 주저앉고 말았다. 은행에 대출이 많았던 그들은 그리스가 맞은 국가부도 사태를 유연하게 넘길 수 없었다. 아버지와 형제, 가족들은 아무것도 건지지 못한 채 수백 년간 이어온 가업과 재산을 모두 날리고 말았다. 그리고 가족들은 뿔뿔이 흩어져 이태리로, 스페인으로, 아테네로 일자리를 찾아 이사를 갔다. 소피아와 아버지, 남동생만 그대로 크레타에 남게 되었다. 소피아 가족은 시에서 지원하는 적은 돈과 교회와 구호단체에서 나누어주는 음식으로 하루하루를 힘겹게 이겨냈다.

소피아는 그전보다 할 일이 더 많아졌고 더 어른스러워져야만 했다. 언제나 씩씩해야만 했고 슬픈 표정을 보이면 안 됐다. 어린 그녀는 아버지에겐 다리가, 남동생에겐 눈과 등이 되었다. 그럼에도 핍진한 현실은 어린 그녀를 언제나 주눅들게 했다. 열두 살은 삶을 설계하기에 너무 어린 나이였다.

힘겨운 시간이 계속되던 어느 날, 아테네로 떠났던 막냇삼촌에게서 2년 만에 연락이 왔다.

"소피아, 짐을 챙겨서 우리 형과 네 동생을 데리고 아테네까지 올 수 있 겠지? 배를 타고 피레우스 항구로 오는 거야. 어쩌면 비행기를 탈 수도 있 을 거야. 그런데 일 때문에 너를 마중 나갈 수가 없구나."

소피아는 막냇삼촌의 기별이 반갑기도 했지만 크레타를 떠난다는 게 두려웠다.

"아버지와 동생에게 의견을 물어봐야 할 거 같아요. 어떻게 하는 게 옳 은 일인지 잘 모르겠어요."

"너를 위해서 말하는 거란다. 이태리에 갔던 큰형 가족도 다시 아테네 로 돌아올 거야. 스페인에 있는 둘째 형만 연락이 된다면 다시 아테네에 모여 살게 될 거다. 크레타에서처럼 말이야."

열두 살 소피아는 자신도 모르게 울음을 터뜨렸다.

"이제 가족들은 헤어지지 않을 거야."

소피아는 그날로 짐을 꾸렸다. 크레타에서의 생활을 모두 정리하는 것 이라 짐이 많았다. 큰 가방이 여러 개였다. 그녀는 아버지와 동생을 데리 고 아테네로 이사를 떠났다. 크레타를 이륙한 비행기는 한 시간 만에 베 니젤로스* 아테네 공항에 도착했다.

공항에서 소피아는 아버지와 남동생을 옆에 세워두고 레일에서 짐을 찾았다. 모두 다섯 개였다. 아무 도움을 주지 못하는 아버지가 소피아를 측은하게 바라보았다. 남동생은 고개를 푹 숙인 채 아버지의 손을 붙잡고 서 있었다. 소피아는 자신보다 큰 가방을 겨우 들어 카트에 차곡차곡 쌓

---

* 그리스 독립운동가, 총리.

왔다. 어느새 높이 쌓인 가방이 소피아의 작은 키를 훌쩍 넘어섰다. 그녀는 씩씩하게 하늘 높이 솟은 가방 옆으로 고개를 빼고 온 힘을 다해 카트를 밀었다. 천천히 카트가 움직였고 목발을 짚은 아버지와 꼽추 동생이 뒤를 따랐다. 그녀의 가족은 공항에서 시내로 가는 X96번 버스를 기다렸다. 소피아는 당장 짐을 버스에 옮겨 싣는 게 걱정이었다. 언제나 지금이 가장 고통스러운 법이다. 지금을 넘기면 괜찮아진다는 것을 어린 그녀는 알고 있었다. 아테네에서의 첫날이었다. 공기가 크레타만큼 좋지는 않다고 소피아는 생각했다.

마무리하며

내가 아테네에 온 것은 두번째이다. 5년 전, 꼭 아테네에 가고 싶었던 것은 아니어서 아테네 여행에 대해 아무런 준비가 없었다. 그것은 어떤 기대감도 없었다는 말이다. 당시에 장편소설을 연재하고 있었는데 두 달 넘게 숙소에 틀어박혀 미처 마치지 못한 소설에서 빠져나오지 못했다. 그래서 아테네의 어떤 것도 보지 못했다. 그저 장편소설을 마무리할 수 있는 곳, 처박혀서 소설만 쓸 수 있는 곳을 찾았던 것이고, 그곳이 아테네였던 것뿐이다. 한국에서 가장 멀리 갈 수 있는 곳, 한 번도 가보지 못한 낯선 곳에서 나는 내 고향 근처를 배경으로 죽어가는 사람들을 보고 있었다.

5년 전의 아테네는 굉장히 혼란스러웠다. 국가부도사태와 2차 구제금융의 여파가 굉장했다. 시내는 주말마다 파업과 시위로 들끓었고 매캐한 최루가스가 도시를 뒤덮었다. 곳곳에서 일어난 방화로 불에 탄 은행 건물과 정부 건물이 흉물스럽게 방치된 채로 서 있었다. 그럼에도 내가 받은 아테네에 대한 인상은 굉장히 안정적이고 안전하다는 것이었다. 그들은 인간이 지녀야 할 어떤 기본적 권리를 끝까지 포기하지 않았다. 또한 이 방인에게 관대했다. 겨울이라 관광객들은 적었고 그마저도 불안정하다는 인식으로 발길이 끊겨 아테네는 휑했다. 그리스 여행은 아침이나 해질 녘 아테네의 오래된 거리를 산책하는 게 전부였다. 숙소는 제우스 신전 바로 앞이었는데 아크로폴리스를 향해 걷거나 국립정원을 산책하는 게 하루 일과였다. 나는 그렇게 아주 단출하고 일상적인 두 달의 여행을 마치고 한국으로 돌아왔다.

그리스 여행은 막상 한국에 돌아가고 시작됐다. 지난 5년간 나는 항상 그리스에 마치 뭔가를 두고 온 것처럼 그곳을 그리워했다. 5년 전의 그리스는 나에게 완전히 잊힌 존재였지만 언젠가부터 눈감으면 잠깐씩 스쳐지나가는 스틸 사진처럼 재생되었다. 다시 그곳을 찾을 수 있는 용기가 생기는 데까지 5년이 걸렸다. 나는 그사이, 데뷔하고 처음 소설을 쓰던 시절로 돌아갔다. 막막하고 막연해졌다는 것이다. 이상하게도 데뷔하고 15년 동안의 여정 한가운데 그리스가 놓여 있는 것만 같았다. 한 주에 7개씩 강의를 하던 시간강사직을 그만두고 오로지 소설에게만 절실하겠다, 마음먹었지만 막연함과 불안함은 더 커졌다. 오히려 나는 아무것도 쓰지 못하고 우왕좌왕하며 일상을 보내고 있었다.

그리고 결국, 올여름에 나는 그리스로 돌아왔다. 그리웠던 그 길을 다시 걷기 시작했다. 아테네는 그 겨울의 모습과는 달랐다. 수많은 관광객과 여름휴가로 들뜬 현지인들로 도시는 들썩였다. 한적함은 덜했지만 흥분과 들뜬 열기가 도시를 가득 채웠다. 경제적인 상황은 그리 나아졌다고 볼 수 없을 테지만 국민들은 현명하고 슬기롭게 현재의 고난을 건너가고 있는 것처럼 보였다. 도시는 정비되고 있었고 불안정했던 요소들도 사그라지고 있었다. 넘쳐나던 난민들도 잘 관리되고 있는 듯 보였다. 여행은 아름다운 풍경만 보는 것은 아닐 것이다. 새로운 사람들과의 만남이나 미처 깨닫지 못했던 인간에 대한 풍요로움을 발견하는 것이 여행의 더 큰 가치가 맞을 것이다.

숙소는 시내의 근대 올림픽경기장 근처에 얻었다. 맞은편에는 국립정원이 있고 정부 공관과 관료들의 집, 대통령궁이 위치해 있는 곳이다. 하늘 높이 솟은 사이프러스숲을 걸으며 나는 그간 이상한 곳을 헤매다 온 것 같은 느낌을 받곤 했다. 떠나왔지만 돌아왔다, 돌아왔지만 떠날 것이다, 나는 걸으면서 생각하곤 했다. 도심 한가운데의 울창한 숲을 지나면 리카비토스 언덕이 눈에 들어온다. 그 언덕은 고대 귀족들이 살던 동네였다. 수천 년이 흘렀지만 여전히 부촌으로 언덕 밑에는 명품 숍과 카페, 분위기 좋은 식당이 언덕을 받치며 늘어서 있다. 그 언덕과 아크로폴리스 언덕이 마주보고 서 있다. 언덕과 언덕 사이에 고대의 시간이 놓여 있다. 그 길을 걸으며 느낀 것은 사람들이 그렇게 많이 변하지 않았다는 것이다. 몇천 년의 시간이 흘렀어도, 세상이 바뀌고 바뀌었어도, 그 안의 사람들의 마음이나 본성은 그리 큰 변화가 없는 듯 고대의 시간이 지금도 여전히 흐른다. 가족이 주는 안정감과 평화로움이 고대의 도시에 여전하다.

그리스는 모계 중심의 사회이다. 우리가 아버지 중심의 가부장제에 가깝다면 그리스는 어머니가 삶의 중심이다. 유산 같은 것도 딸에게 물려주는 게 일반적이고, 결혼 후 남자가 여자 집에 들어가 사는 사람들 또한 많다. 그곳에서 알게 된 한 부부도 마찬가지였다. 1층엔 친정어머니가, 2층엔 여동생 가족이, 3층엔 맏이인 딸 가족이 사는 식이다. 이것은 의미하는 바가 크다. 우리가 IMF 구제금융으로 촉발된 경제난으로 급격한 가족의 붕괴를 겪은 것과 달리, 그리스는 우리보다 더 안 좋은 상황 속에서도 여전히 평온한 이유가 그것이라고 믿는다. 그러니까 말하자면 어떤 고대의 길을 걸으며 우리가 성급히 떨쳐버린 가장 중요한 무엇을 본 느낌이 들었다. 우리보다 가난하지만 그들이 포기하지 않은 그 어떤 것이 그렇게 부러울 수가 없었다. 그것이 내가 걸어야 하는 이유일 것이다.

걸어본다 14 | 아테네

그리스는 달랐다

ⓒ 백가흠 2017

초판 1쇄 발행 2017년 7월 5일
초판 3쇄 발행 2019년 12월 6일
지은이 백가흠
펴낸이 김민정
편집 김필균 도한나
디자인 한혜진
마케팅 정민호 박보람 나해진 최원석 우상욱
홍보 김희숙 김상만 오혜림 지문희 우상희
제작 강신은 김동욱 임현식
제작처 영신사
펴낸곳 (주)난다
출판등록 2016년 8월 25일 제406-2016-000108호
주소 10881 경기도 파주시 회동길 210
전자우편 nandatoogo@gmail.com **트위터** @blackinana **인스타그램** @nandaisart
문의전화 031-955-8865(편집) 031-955-8890(마케팅) 031-955-8855(팩스)

ISBN 979-11-960751-8-7   03810